DREAMBOOKS

DREAMBOOKS★

ORIENTAL FANTASY STORY & ADVENTURE

魔劍王

마검왕 29

dream
books
드림북스

# 마검왕 29 장례(葬禮)

초판 1쇄 인쇄 / 2016년 4월 15일
초판 1쇄 발행 / 2016년 4월 22일

지은이 / 나민채

발행인 / 오영배
책임편집 / 편집부
펴낸 곳 / (주)삼양출판사 · 드림북스

주소 / 서울시 강북구 도봉로 173
대표 전화 / 02-980-2112  팩스 / 02-983-0660
편집부 전화 / 02-980-2116  팩스 / 02-983-8201
블로그 / blog.naver.com/dreambookss

등록번호 / 제9-00046호
등록일자 / 1999년 3월 11일

ⓒ 나민채, 2016

값 8,000원

(주)삼양출판사 · 드림북스의 서면 허락 없이는 어떠한
형태나 수단으로도 이 책의 내용을 이용하지 못합니다.

ISBN 979-11-313-0619-2 (04810) / 978-89-542-3036-0 (세트)

* 지은이와 협의하에 인지는 생략합니다.
* 잘못된 책은 구입한 곳에서 바꾸어 드립니다.

이 도서의 국립중앙도서관 출판시도서목록(CIP)은 서지정보유통지원시스템홈페이지
(http://seoji.nl.go.kr)와 국가자료공동목록시스템(http://www.nl.go.kr/kolisnet)에서
이용하실 수 있습니다. (CIP제어번호: 2016009579)

마검왕

魔劍王

나민채 퓨전무협 장편소설

ORIENTAL FANTASY STORY & ADVENTURE

장례(葬禮)

dream
books
드림북스

목차

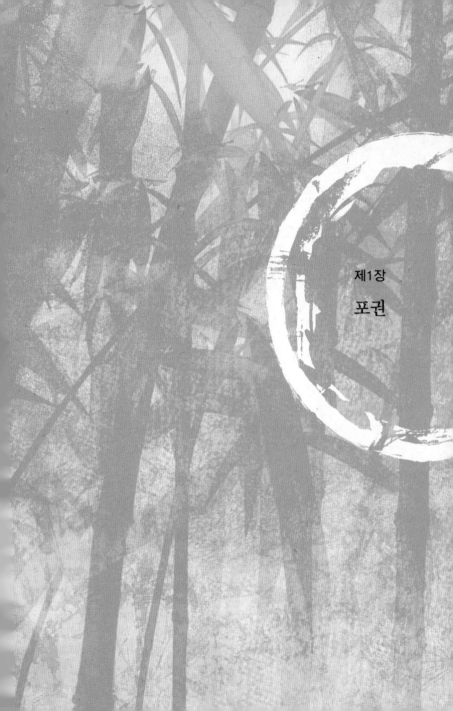

제1장

포권

가장 먼저 느껴지는 건 목을 조여 오는 불길함이었다.

모든 가정들이 불빛이 새어나가지 않도록 커튼을 치고 있으나, 그래도 불빛들은 개미구멍만 한 틈들 사이로 어떻게든 삐져나오고 있었다.

아파트의 외벽은 오랫동안 페인트칠을 하지 못한 것을 넘어서, 금방 무너질 것처럼 금이 가 있는 상태였다. 저런 컨디션의 건물에서 사람들이 어떻게 살 수 있는지는 궁금하지 않았다. 그보다도 아스팔트 위에 난잡하게 방치된 폐차들과 온갖 쓰레기 더미들이 더욱 의문이었다.

그러던 문득 타앙, 하고 울리는 한 발의 총성이 이곳이 얼마나 적막한 곳인지를 일깨워 준다.

"여긴……."

오래된 전쟁으로 피폐한 곳, 그러니까 중동의 내전 국가는 이럴 수 있었다.

하지만 음식물 쓰레기에서 나왔을 시큼한 악취와 함께 불어온 바람이 있었다.

거기에 딸려 온 전단지가 내 발목에 휘감겼다. 전단지를 작성한 언어 또한, 당장 보이는 도로 표지판의 언어와 동일했다.

한글…….

흑천마검을 쳐다보았다. 그러자 흑천마검은 자신에게 따지지 말라는 식인 것이 분명한, 찌푸린 표정을 보였다.

말없이 발걸음을 옮겼다.

입김이 나올 만한 한파가 몰아닥친 어느 겨울의 서울이었다.

그러나 내 눈앞에 펼쳐진 광경은 기억 속의 그 나라, 그 도시는 절대 아니었다. 그때 나는 쓰레기 수거장인지 관리사무소인지 분간할 수 없는 건물을 지나 대도로변으로 막 나오던 참이었다.

그나마 대도로는 아파트 주차장과는 달리 상태가 말끔해 보였다. 하지만 달리는 차나 돌아다니는 사람 하나 없는 그 검은 아스팔트 바닥은, 그저 바라보고 있는 것만으로도 을씨년스러울 정도로 차갑다.

저 멀리로는 전광판이 보였다. 혈마교 문장이 옅게 박힌 배경 위로, 새빨갛고 두꺼운 글자가 번뜩이고 있는 중이었다.

## [통행 금지 시간]

단 여섯 글자가 지금의 광경을 만들었다.

상황 파악이 대충 끝난 그때쯤, 우회전 차선 쪽에서 경광등 달린 차가 나타났다.

나는 어둠 속으로 방향을 틀었다.

몇 년 치 담배꽁초가 가득한, 상가와 상가 사이의 좁은 골목 안으로 말이다.

붉고 푸른 경광등 불빛이 직선으로 저 멀리 사라질 무렵까지 쳐다보다가, 흑천마검에게로 다시 눈길을 돌렸다. 흑천마검은 이런 내 반응을 예상하고 있었다는 듯이 냉소를 머금고 있었다.

조금 더 확인할 게 있어서 하늘로 올라갔다. 역시. 불빛은 도로를 따라서만 집중되어 있을 뿐, 아파트촌들 쪽은 어둠에 거의 잠식되어 있었다.

조금 더 높게 올라가니, 청와대로 이어지는 불빛의 연결선이 더욱 뚜렷해졌다.

하지만 가장 밝은 빛들은 테헤란로, 더욱 정확히는 일성 그룹의 본사가 위치해 있던 곳을 중심으로 뭉쳐 있었다.

그곳이야말로 명실상부 불야성(不夜城).

유일하게 통행자들 또한 꽤 있었다.

그들 통행자들은 하나같이 자기를 절제한 엘리트의 외모로서, 양복 깃에 본교의 배지를 달고 있기도 했다. 제각각 발걸음을 서두르며 움직이는 데, 테헤란로 외곽을 크게 원으로 둘러쳐서 설치된 방범 시설들의 비호 아래 있었다.

당연히 방범 시설들마다 전시에 준하는 무장 군인들이 경계 근무를 서고 있었다. 입을 열면 말 대신 칼이 나올 분위기를 자아내고 있는 그들은, 어쩐지 본교의 배지를 단 이들에게는 칼 세운 눈빛을 금세 지워버리고는 절도있게 경례부터 하는 것이었다.

여기는 그들인 세상과, 그들이 아닌 자들의 세상이 더욱 분명해져 버린 시대다.

나는 참담한 마음을 금치 못하며 흑천마검에게 고개를 돌렸다.

— 여기라도 온 게 어디냐.

흑천마검이 더는 짜증 나서 못 참겠다는 식으로 일갈했다.

— 잘된 거 아니냐. 여기는 네놈에게도 익숙한 세상이잖아.

녀석이 가 보면 알게 될 거라고 재촉했을 때에는 그만한 이유가 있었다. 내게 이 세상의 사정을 들려주었다면 찬성하지 않았을 거라고 생각했겠지만, 그건 녀석의 잘못된 판단이다.

우리는 너무나도 지쳐 있었고, 나 역시 그 세상만 생각하면 내가 남겼던 원인이 어떤 결과로 치달을지 염려하고 있었다.

그런데 막상 참담한 그 실태를 목도하고 나니, 오히려 머릿속도 심장박동도 침착해졌다. 아니, 침착한 정도에서 그친 게 아니라 서늘함으로 치달았다.

"……여기는 평행세계인가."

나는 그 말만 내뱉었다.

— 아아. 너희들은 이 세계들을 그렇게 부르지.

그제야 나는 꺼림칙했던 생각 일부를 떨쳐 낼 수 있었다.

만에 하나, 가족들의 세상에서 시간이 멈추지 않고 계속 흘러갔던 것은 아니었을까.

한편으론 그런 걱정도 있었다.

물론, 부쩍 달라져 버린 서울의 위화(違和)적인 광경 속으로 보다 발달된 문명의 이기를 발견하기는 했었어도 말이다. 예컨대 경광등 단 차가 그랬다. 그 차는 운전자 없이 자동 주행되고 있었다.

자리를 이동하려 하자, 흑천마검의 날 선 목소리가 쑥 들어왔다.

— 어딜 가느냐! 네놈을 찾을 생각이라면 가만…….

흑천마검이 내 표정을 보고 잠깐 말을 멈췄다가, 마저이었다.

— 설사 네놈과 똑같은 것이 여기에 있더라도 마주칠 생각은 꿈도 꾸지 말거라. 세상을 이렇게 만든 놈인데, 말이 통할까. 네놈도 네놈이 어떤 놈인지 잘 알고 있을 테니. 크크큭…….

여긴 미래가 아니다. 하지만 미래가 될 수는 있는 수많은 세상 중의 하나였다.

언제 '누구'에 의해 어떻게 분리된 세계인지는 몰라도, 내가 남겼던 원인들이 그 세상에 큰 비중을 차지할 수밖에 없었을 것이다. 분명한 것은 여기가 내게서 분리된 세계일 확률은 0에 가깝다는 것이다.

어쨌든 흑천마검의 말 따라, 나도 여기에서 진짜 나와

조우(遭遇) 하고 싶지 않았다.

SF 소설에나 나올 법한 디스토피아적인 세계를 만들어 내고 만, 그 절대적인 권력자를.

— 어딜 가냐니까!

흑천마검이 외치며 가깝게 따라붙었다.

"연결 고리."

그 외의 말은 삼켰다.

더 말할 기분도 아니었다.

아닐 걸 알면서도, 이러한 세계를 마주치게 된다면 그 세계가 유토피아적인 세계이길 은연히 소원해 왔었다. 하지만 눈앞에 펼쳐진 실태는 이 세상 운명이 파국으로 치닫는, 바로 그 자체였다.

마치 이 세상의 온 어둠이 나를 향해 쏟아지고 있는 기분이었다.

그런데 단지 기분뿐이 아니다.

엄청난 속도로 내게 쇄도해 오는 존재가 느껴졌다.

극한의 시간대로 돌입하는 순간, 그 존재는 육안으로 확인 가능한 거리에 들어와 있었다.

조우하고 싶지 않았던 이 세계의 절대자.

바로 나였다.

*     *     *

　녀석의 등장과 함께 세상과 소리가 한꺼번에 사라졌다.
그것은 녀석도 마찬가지였던 모양이다. 녀석의 얼굴빛이
하얗다 못해 파랬다.

　우리는 일정한 거리를 두고 대치한 채로, 하늘에 떠 있
는 중이었다.

　— 이 세상에서 나갈 수 있는 방법은?

　흑천마검에게 빠르게 물었다.

　그런데 흑천마검에게 어떤 대답이 들려올 시간에, 전방
에서 기분 나쁜 웃음소리가 먼저 흘러나오기 시작했다.

　"크…… 큭큭…… 큭큭큭……."

　그런데 녀석의 눈빛과 마주칠 때마다, 나는 다른 의미
로 소름이 돋았다

　차라리 오랫동안 제 모습을 보지 못한 듯, 너저분하게
자란 머리카락이 얼굴을 반쯤 가리고 있고, 머리카락 사
이로는 녀석의 광기 어린 눈빛이 시시때때로 일렁거리고
있었다면.

　그런 웃음이 맞았다.

　하지만 녀석의 외관은 기분 나쁠 정도로, 매우 말끔했다.
짧게 친 머리는 전문적인 헤어디자이너의 손길을 거쳐 멋

지게 다듬어져 있었고, 지금 당장에라도 중요한 미팅이나 행사에 참석하는 데 손색이 없는 네이비 투톤 정장 차림이었다.

"너."

내가 말하던 그때. 녀석도 순간에 웃음을 지우며 입을 열었다.

"너."

우리는 정말로 동시에 말했고, 또 동시에 서로에게 턱짓했다. 서로 먼저 말하라는 꼴이 되었다. 녀석이 픽 웃는 반면에 나는 웃음이 나오지 않았다.

나는 내 성향이 무엇인지 너무도 잘 알고 있다.

나는 악(惡)이다.

하지만 저 녀석은 무슨 자신감으로, 본인과 대등한 악과 조우하고 말았는데 웃음이 나오는 것이란 말인가.

생어처럼 뛰려는 감정을 다시금 짓누르며, 녀석의 입술이 열리길 기다렸다.

"오랜만에 보는군. 그런 옷……."

녀석이 모래가 잔뜩 붙은 내 의복을 골똘히 쳐다보며 말하다가, 흑천마검에게 시선을 돌렸다. 흑천마검은 예상외로 조용했다.

"그 꼴은 대체 뭐지?"

녀석이 흑천마검에게 그렇게 물었을 때, 나는 흑천마검을 바라보는 녀석의 시선에서 흑천마검이 나를 바라볼 때와 똑같았던 갈망을 발견하고 있었다.

눈빛뿐만이 아니다.

목소리도 그랬다.

녀석의 목소리는 눈치챌 수밖에 없을 만큼 떨리고 있었다. 녀석도 그런 제 목소리를 의식하고 있어서, 그 말만 하고 그친 것 같았다.

"흑천마검은 죽었다. 애매하지만 그렇게 표현될 수밖에 없겠어. 이 녀석은 지금 본질(本質)에 불과한 것이다."

내가 말했다.

나는 이 말로써 녀석의 갈망이 조금이나마 사라지길 바랐다.

그렇지만 그건 나만의 바람에 불과했다. 녀석은 제 감정을 도무지 통제하지 못해서, 흑천마검을 갈망하는 눈빛이 여전히 적나라했다.

역시 여기엔 흑천마검이 없다. 나 같은 건 무한히 있을 수 있어도, 흑천마검 같은 존재는 유일해야 하는 게 맞았다.

그렇다면 이 녀석에게는 어느 날 갑자기 흑천마검이 사라진 것이 된 것인가.

입장을 바꿔보자, 녀석이 흑천마검에게 보일 갈망이 이

해가 됐다. 중원을 향한 그리움이 사무친 나날들을 얼마나 견뎌 왔을까.

딱 거기에서 생각을 멈췄다.

지금은 녀석의 몸에서 도사리고 있는 극렬한 기운을 경계하는 데 주력해야만 하는 때였다. 녀석이 나쁜 마음을 먹는다면, 대적해야만 할 것이다. 그리고 그때는 사력을 다해야만 할 것이다.

"이 세상에 개입할 생각도, 널 찾아온 것 또한 아니다."

내가 말했다.

"……혼란스럽군. 역시 넌 나인가? 평행 세계에서 온? 그렇다면 이게 얼마나 굉장한 일인지……. 너라면 알고 있고 있겠군. 너는 나니까. 그렇지?"

녀석이 내 말을 씹어 삼키고는 물었다.

"있을 수 없는 확률이지."

내가 그렇게 대답한 그때, 녀석의 마른 입술 사이로 몹쓸 단어가 툭 튀어나왔다.

"인과율?"

"그럴지도."

"오늘 밤은 정말 길어지겠군. 내 궁으로 가겠나? 아니, 네게도 똑같은 게 있겠군. 이런 가능성을 상상해 본 적은 있었지만……. 큭. 이거 적응하려면 시간 좀 걸리겠어. 어쨌든 환영하는 바다. 평행 세계에서 방문한 나여."

녀석이 나를 향해 웃으며, 구태여 한 주먹을 감싸 보였다.

중원식 포권(包拳)이었다.


지금 나는 녀석의 초대에 응할지 말지 결정해야 하는 분기점에 있었다. 어떤 선택에 따라, 그와는 반대되는 선택의 평행세계가 또 우주 어딘가에 생성될 것이다.

대체 우주는 무엇 때문에 이토록 엽기적인 것인가. 무엇 때문에 평행 세계가 탄생하고, 또 무엇 때문에 그래야만 하는 것인가.

그때.

초대에 응할 생각이 없다는 걸 알아차린 녀석, 주먹 감싼 손을 내려트리며 단조롭게 중얼거렸다.

"괴로운 일이지. 우리가 서로 마주하고 있는 지금은……."

우리가 얼마나 힘없고 미약한 존재인지를 깨닫게 해주지. 마치 노랫말처럼 녀석의 이어질 말이 자연스럽게 떠올랐다.

영락없이 그랬다.

"우리가 얼마나 덧없는 존재인지를 절실히 깨닫게 해주니까."

별 하나 없는 밤하늘을 가만히 올려다보고 있는 녀석의 얼굴이 어쩐지 슬퍼 보였다. 처음으로 녀석의 이야기가 듣고 싶어졌지만, 그래도 이 녀석과 계속 있을수록 좋을 일이 하나 없을 거란 생각 또한 변함이 없었다.

하지만 이 자리를 벗어날 수 없게 만드는 단 하나의 물음.

대체 이 녀석은 어디까지를 공유하고 있는 것일까. 왜 이 녀석은 이 세상을 이렇게까지 망쳐 버린 것일까. 아니면 원래부터 이렇게밖에 될 수 없었던 것일까.

그런 생각들이 꼬리에 꼬리를 물고 이어지고 있을 때, 열리는 녀석의 입술이 보였다.

"내 세상에는 어떻게 올 수 있었지?"

녀석은 구태여 여기를 '내 세상'이라는 표현을 썼다. 그렇게까지 말하지 않아도, 나는 이 세상에 개입할 생각이 조금도 없었다.

여기는 녀석의 말대로, 녀석의 세상이다.

나는 이방인이고.

"그걸 들려주면, 내게서 관심을 끄겠는가?"

내가 물었다.

"본교의 교도들에게 화(禍)가 되지 않는 것 같다면, 고려해 볼 수밖에."

녀석의 대답은 정말로 나다웠다.

즉, 녀석은 나를 가만히 내버려둘 생각이 없는 것이었다. 내가 이 세상에 위협이 되지 않는 다는 확신이 들 때까지.

*      *      *

나와 흑천마검의 갑작스런 등장은 녀석에게 심각한 질문들을 수도 없이 던진 바와 같았다. 녀석이 오른손으로 얼굴을 덮은 채 이를 악문 지도 시간이 꽤 지났다. 그럼에도 불구하고 녀석은 번뇌 속에서 빠져나오지 못한 채, 쓸쓸히 서 있기만 하는 중이었다.

우리는 옛 청와대, 대통령 집무실로 쓰였던 공간 안에 있었다.

녀석이 말했던 궁이란 청와대를 일컫는 것이었다.

"전시(戰時)라 많이 어수선하지."

녀석이 문득 정신을 차리며 말을 던졌다. 아마도 내 반응을 보기 위한 것 같았다.

"실망한 것 같은데?"

"솔직히."

녀석이 큭 하고 짧은 웃음소리를 내더니 마저 말했다.

"그러는 걸 보니, 네가 어디쯤에서 온 것인지는 알겠어. '지금보다 과거 같은 실태의 평행세계.' 그렇지 않은가?"

내가 가족들의 세상에 불을 지르고 말았던 진정한 이유는, 정화(淨化)였다. 전 세계를 지배하기 위해서가 아니라.

그러나 청와대란 이름은 이제 동아시아 총단이라는 이름으로 바뀌어져 있었다.

녀석의 말이 계속 이어졌다.

"맞아. 결국 이렇게 되더군. 틈만 나면 생각해 봤지. 어디서부터 잘못 된 것인지. 헐리우드 스타에게 무공을 전수한다는 생각은 대체 어떤 녀석의 머리에서 나온 건지. 그 녀석이 정말 우리라고 생각해? 할 수 있다면, 나도 그 세계로 가서 그놈의 대가리를 잘라버리고 싶군. 그래봤자 달라지는 건 아무것도 없겠지만 말이지."

녀석이 더 말했다.

"넌 날 이해할 수밖에 없을 것 같군. 다른 너도 아닌, 탈인지경에 닿은 너는……."

그쯤에서 녀석의 시선이 흑천마검에로 돌아갔다. 흑천마검을 바라보는 녀석의 두 눈은, 이제 복합적인 감정을 띠고 있었다.

처음에는 순수한 갈망으로 가득 찼던 것이 이제는 간혹 가다가 적개심을 드러내다가 지극한 의아함까지 이어진다.

녀석의 고개가 다시 내게로 휙 돌아왔다.

"아니지 아니야. 네 성취는 나와 다를 수도 있겠어. 너는 어떻게 탈인지경을 이루었지? 나는 포화(砲火) 안에서 이루었다. 바로 이 세상에서."

넌?

녀석이 내게 시선을 돌리며 그런 눈빛을 띄었다.

"거기까지는 동일한 것 같군."

내가 대답했다. 그것이 녀석이 기대했던 대답이었던 것 같았다.

녀석의 두 눈 위로 부쩍 즐거워진 빛이 빠르게 스치고 지나갔다.

"그 다음에는 저 녀석이 간악한 흑심을 드러냈을 텐데?"

녀석이 흑천마검을 턱짓해 가리키며 말했다.

한편, 흑천마검은 그런 녀석을 조금도 신경 쓰지 않은 채 집무실 곳곳을 기웃거리고 있는 중이었다.

흑천마검은 나만큼이나 끔찍하게 바뀌어버린 이 세상을 흥미로워 하고 있었다.

예컨대 두 마리의 봉황과 무궁화로 된 장식물이 박혀 있어야 할 집무실 벽은 아무것도 없이 밋밋하기만 하고, 또한 한국 국기가 치워진 자리에 본교의 문장을 우겨 넣어 만든 깃발이 그 자리를 차지하고 있었다.

"거기까지도 동일한 것 같군."

"흑천마검이 온데간데없이 사라졌던 버렸던 건 바로 그때였다. 날 잡아 먹을 것처럼 굴더니. 저런 우습지도 않은 꼴로 다시 나타났군."

녀석이 우리가 이룩한 경지의 시작을 기점으로 우리들의 사정을 추정하려는 줄 알았는데 그게 아니었다. 녀석은 흑천마검이 사라진 시점을 기준점으로 잡았다.

현명한 생각이다.

흑천마검은 유일할 수밖에 없으니. 녀석도 그걸 알고 있었다.

다만, 녀석이 그러한 이야기를 선뜻 밝히고 시작한 것이 꺼림칙하게 느껴진다. 설마 나를 경계하지 않는 것인가. 또 다른 자신을 만났다는 즐거움과 호기심으로만 충만 한 것인가.

그럴 수는 없을 텐데……

나는 지금 녀석이 가면을 쓰고 있다고 있다는 데에, 모든 것을 걸 수 있었다.

"아마도 우리의 두 세계는 그때 갈라진 것이겠지. 그렇다면 이 세상은 내가 남았을 때의 스토리가 되겠고, 너는."

녀석이 거기까지 이야기하고는, 이제는 내 차례라는 듯이 입을 다물었다.

"성 마루스로 피했었지."

내가 대꾸했다.

"하긴."

녀석이 바로 납득했다.

"그랬지. 그때 도망칠 구석은 그곳밖에 생각나지 않았어. 나도 그럴 생각이었지만, 그러지 않아도 되었지. 그게 우리의 차이였던 것이다. 그렇다면……."

녀석의 눈동자가 기억들을 더듬어가며 살짝 위로 올라갔다가, 다시 나를 향해 돌아왔다.

"이 세상에서는 어디가 마지막이었지? 아아. 정정하지. '이 세상과 비슷한 실태의 평행 세계'는 어디까지 경험하고 왔지?"

어느덧 녀석이 대화를 주도했고, 나는 장단을 맞춰주는 식으로 진행되고 있었다. 녀석이 명왕단천공의 악랄한 정체를 모르는 만큼, 녀석에게 궁금한 바가 없기 때문이기도 했다.

"마지막이었다. 이후로 다시 찾은 적이 없었지."

"얼마나? 극한의 시간대까지 포함하여. 사고의 흐름이 비슷할 수밖에 없으니, 너도 그 영역을 극한의 시간대로 명명하였을 테고."

나는 고개를 끄덕였다. 녀석이 빙그레 웃으면서 좋아했

다.

"극한의 시간대까지 포함한다면 백여 년이 넘는 세월이라 할 수 있을 것이다."

"그 세월이 흐르도록, 가족들의 세상으로 돌아간 적이 없다는 것인가. 정말 그때가 마지막이었나?"

녀석의 물음이 얼음송곳이 되어 심장을 꿰뚫고 들어오는 것 같았다. 하지만 녀석의 그렇게 물은 이유는, 나를 질책하기 위해서가 아니란 걸 알았다.

녀석은 내게서 듣고 싶어 하는 대답이 분명히 있었고, 나 또한 그게 무언인지 얼추 느껴지고 있었다. 그러나 그걸 입 밖으로 토해내는 데에는 상당한 용기가 필요한 일이었다.

"더 망치기전에, 그만 두었어야 했다. 알고 있을 텐데?"

나는 녀석이 듣고 싶어 하는 답을 내놓았다. 비로소 녀석의 얼굴 위로 그늘이 드리운 만큼, 나도 마음이 무거워졌다.

녀석이 진심을 다해, 스스로를 비웃는 듯한 어투로 말을 시작했다.

"그렇지. 우리는 초인의 힘을 얻었지만, 지성은 결코 그만할 수 없지. 왜냐면 그 초인의 힘 또한 우리 힘으로 쌓은 것도 아니었으니까. 큭큭……. 잘해보려 할수록 더욱 망칠 뿐이란 걸 깨닫기엔, 수습해야 할 일들이 애초에 산더미였지. 그걸 수습하다 수습하다보면 이 지경에 이르게 되고 마는 것이야. 내가 그간 어떻게 살아왔는지는, 이것으로 전부 설명될 수 있을 것 같은데."

내가 이토록 자학적인 녀석이었다는 사실을 잊고 있었다. 녀석이 나를 자극하는 말을 했던 것도, 자신의 과오를 되새기기 위해서였다.

중원을 통일하며 겪어야만 했던 번민을, 이 녀석도 고스란히 밟아 온 것이다.

안타깝게도 녀석에게는 중원의 두 여자가 없었다.

그래서 더 위험한 것이고.

그때.

이젠 네 차례다, 라는 식으로 향하고 있는 녀석의 차가운 눈빛이 시선 안으로 들어왔다.

나는 이 끔찍하고 안타까운 세상에서 한시라도 빨리 벗어나고 싶었다.

그렇기 위해서는 녀석부터 떨쳐내는 게 급선무였다.

"공허를 헤매다, 여기까지 닿게 되었다."

내가 말했다.

공허라는 단어에 녀석이 작지 않은 반응을 보였다. 회한에 사무쳐가던 두 눈이 갑자기 번질거리며 또렷한 빛깔로 번뜩였다.

"천년금박?"

녀석은 당연히 거기를 떠올릴 수 있었다.

"공허에는 끈처럼 느껴지는 인력의 흐름이 있다. 그게 여럿 차원, 여럿 우주, 여럿 세상으로 이어지더군. 나는 그렇게 여기에 우연히 닿았다."

이 세상에도 과연 천년금박과 같은 통로가 있을지는 모르겠지만.

*         *         *

바람과는 달리, 녀석과의 이야기가 길어지고 있었다.

"세계 언론이 나를 악마, 인류의 적으로 지칭해도 나는 정화(淨化)만을 생각하고 있었어. 이렇게 지금까지 세계 정치에 직접적으로 개입할 생각은 없었던 거지. 때가 오면 이 세상에 절대 개입하지 않을 생각이었단 말이야. 종국에 나는 신으로 불릴 수밖에 없다는 걸 알고 있었으니까. '살아 있는 신이 지켜보고 있는 세상.' 그 사실을 이 세상 사람들에게 주입시키는 것만이 목적이었잖아. 우리는."

녀석이 오른손으로 이마를 받친 채로 말하며, 나를 쳐

다봤다.

"그게 우리가 이 세상에 불을 지른 이유였지."

내가 대꾸했다.

"이 세상은 장강의……. 그 그리운 이름을 오랜만에 불러보는군. 장강의 격랑보다도 더 격렬한 변화의 시대를 맞이한 것이었지."

녀석이 거기까지 말한 다음, 내 속내를 훤히 꿰뚫어 보고 있다는 듯이 쓴웃음을 머금어 보였다.

"너는 다를 거라 생각하고 있겠지. 갈라진 이후에 어떤 삶을 살아왔는지는 몰라도, 하지만 이 세상에 우리가 남겼던 '원인'들은 동일하잖아. 모래시계가 있어 완전히 무(無)로 돌려버리지 않는 이상, 다음의 선택지들은 남겨져 있던 원인들을 기점으로부터 시작하는 법이지. 이 세상에 우리의 신위를 드러낼 수밖에 없었던 것처럼 말이다. 너도 네 세상으로 언젠가 돌아간다면, 바로 포화(砲火)부터 시작할 수밖에 없는 것처럼."

녀석이 고개를 까닥였다.

"그러니 지금부터 내가 들려주는 말들을 새겨들어야 할 거야."

"그러지."

"포화 이후 나는, 캘리포니아 주의 독립을 선포했다."

"확전(擴戰)을 막기 위해서군. 미 정부가 그걸 인정했는가?"

"어땠을 것 같지? 안보리 대표국의 국정시설 전부가 파괴된 직후였는데? 그들의 결의안은 또 어떻고?"

"사하라 사막에서 그들의 포화를 온몸으로 받아냈던 일은 효과가 전혀 없었는가?"

"네게 들려주고 싶은 이야기는 바로 거기서부터 시작하지. 그날이 그들에게 더 강력한 수를 결단하게 했으니까. 언젠가 네가 마주할 일이라는 말이다. 제대로 돌아갈 수만 있다면."

강력한 수라는 말에 문득 떠오르는 단어 하나가 있었다.

"톰(Tom)인가?"

"그걸 다 기억하고 있군."

녀석이 약간 의외라는 식으로 대답했다. 하지만 이내 납득한 것인지 말을 이어 나갔다.

"하지만 그들은 핵무기를 사용하지 않았어. 사하라 사막에서 퍼부었던 화력의 규모는 이미 소형 핵의 화력 이상. 내게 어떤 물리적 공격도 소용없을 거라는 걸 그때 깨달은 것이지. 우리가 바라던 바가 바로 그것이었지만, 하나 놓친 게 있었지."

"······?"

"인간성을 시험하기 시작하더군. 정확했어. 그게 우리의 약점이잖아."

나는 그 순간에 녀석의 눈동자에서 나타났다가 빠르게 사라졌던 광기(狂氣)를 놓치지 않고 보았다.

"혈겁은 중원에서로 그쳤어야 했지만, 흐름은 내 바람과는 전혀 반대로 흘러간 것이지."

"여기에도 혈겁이 있었는가?"

녀석은 그 질문에 직접적으로 대답하는 대신, 이렇게 회피했다.

"그들은 정말로 다급했던 것이겠지. 일개 교도에 불과한 정진욱의 친인척은 물론이고 가깝게 지냈던 친구, 지인들까지도 전부 체포했을 만큼. 그들의 심문 과정에는 인륜적인 문제는 전부 배제되어 있었지. 어느 누구도 거기에 문제를 삼지 않았어. 그들로서도 생존 문제일 테니까."

"내 정체가 발각된 것인가?"

"그럴 리가. 그 사건은 동시다발적으로 전 교도들의 주변에서 발생했어. 물론 그들은 단지 알고 싶었던 것이겠지. 과연 그분이 정말로 신인지, 아니면 초자연적인 힘을 얻은 인간에 불과하여 그들을 기망한 것인지. 그렇게 그들은 그들이 바라던 질문에 대한 답을 들을 수 있었지만 그 대가는 꽤 비쌌지. 물론 모르지는 않았겠지. 다만 할 수밖에 없었던 거야. 내가 그랬던 것처럼."

"부모님은?"

"그러고 보니 두 분을 못 뵌 지 오래되었군. 이 몸, 정진욱이 영아와 함께 부모님께 의절 당했을 때의 이야기는 생략하도록 하지. 그건 너무 슬픈 이야기잖아. 안 그래? 어차피 앞에서 이야기했던 일의 연장선에 불과하기도 하고."

나는 고개를 끄덕였다.

"지금은 전 세계를 점령한 상태인 것 같은데?"

어느덧, 녀석의 이야기에 빠져들고 있는 내 자신을 발견할 수 있었다.

"일단 그렇게 보일 수는 있지. 대외적으로는 본교 외의 다른 정부는 없으니까."

녀석이 이마를 짚고 있던 손을 정수리에서 목 뒤쪽까지 쓸어내렸다. 미간 사이로 잔뜩 구겨진 살이 꽤나 신경질적으로 보였다.

"하지만 온갖 비밀 정부들은 산과 지하에서 생존을 이어 나가고 있지. 외계 문명에게 침공 당했을 때를 대비해 만들어 두었던 매뉴얼을 여기에 적용시키기 위해 정말 바뺄 테지. 큭."

그러면서 녀석이 책상 위에 올려 있던 서류를 가리켰다.

"너를 만나기 전에 올라온 문건이다. 이번에는 아프리카 대륙에서 그것들 중 하나를 특정할 수 있었던 모양인데."

녀석은 거기로 날아가 다 죽여 버릴 생각이다.

"그 모든 업을 이 내가 짊어지고 가면 그만이겠지만, 정말이지 진절머리 난단 말이야. 밟아도밟아도 어김없이 나타나. 크크크······."

이제야 제대로 알겠다.

녀석은 내게 애원하고 있는 중이었다.

살려줘.

살려줘······라고.

그러한 울부짖음이 들린다. 나는 예전의 내가 생각났다. 그러니 녀석에게 한발자국 더 가까이 다가갔다. 그날의 흑웅혈마처럼 펑펑 울어줄 수는 없어도, 비슷하게나마 녀석을 안아 주고 싶었다.

녀석이 잠깐 멈칫했다. 하지만 나를 뿌리치지는 않았다.

녀석을 가볍게 안으며 달래듯이 말했다.

"나라고 그 고통을 왜 모르겠는가. 안다. 네 마음 전부를······."

"아니. 넌 몰라."

으스스한 목소리가 튕겨져 나왔다.

그건 살의(殺意)가 담긴 목소리였다.


녀석의 손바닥과 닿아 있던 등 부분에서 시작된 강렬한 통증이 전신으로 확 번질 때, 나도 모르게 주저앉고 말았던 것 같았다.

반사적으로 고개를 들었을 때는 이미 눈높이가 낮아 있었으며, 붉은 아지랑이가 휘감겨진 일장(一掌)이 온 시야를 가득 채우고 있었다. 그리고 피하기에는 늦은 때였다.

그 공격이 이 얼굴에 고스란히 적중되고 말았을 것이다.

그러니 순간적으로 아무것도 보이지 않으며, 온몸이 사정없이 비틀려 대는 것이다. 입 안으로도 퀘퀘한 흙 맛이 가득 퍼졌다.

급격히 일으킨 호신의 기운으로 안구가 터져 버리지 않았다고 해서 안도할 일이 아니었다. 나를 향해 떨어지는 기운이 엄청난 속도로 거리를 좁혀 들어와 있었고, 거기에는 어김없이 극렬한 열기가 머금어져 있었다.

그 뜻인즉, 이 녀석은 지금 주변이 어떻게 되든 안중에도 없다는 것이었다.

미친 자식!

강력한 충격을 온몸으로 받아낼 각오를 해야만 했다.
바로 왔다.

피부와 근육뿐만 아니라 오장육부까지도 녹여버리는 것
만 같은 뜨거운 통증, 그건 드래곤이 나를 농락할 때와는
또 달랐다.

정말로 고통스러워서 순간적이나마 머릿속이 텅 비어버
렸다. 그저 끔찍이 아프다는 외침만이 그 안을 아무렇게
휘젓고 다닌다.

겨우 시야가 돌아왔을 때, 내 주위에는 녀석이 펼쳐둔
강기(剛氣)가 가득했다. 흙더미가 전부 밀려나가 거대한
홀로 변해 버린 넓은 지하 공간 안 전체가, 붉은 선으로
형성된 녀석의 강기뿐이었다. 이건 극성의 공력으로 시전
된 검망십이로였다.

녀석은 내가 떨어지며 만든 통로 중간에 걸쳐져 있는
것으로 느껴졌다. 거기서 나를 지켜보고 있을 것으로 판
단됐으나, 녀석의 검망이 바로 움직여 버리는 것이었다.

다행히 장기의 손상은 피했다. 격정(激情)을 누르고, 하
나씩 끊는다.

계획은 그랬지만 처음 그리고 두 번째 이어진 타격이
계속 영향을 미치고 있는 중이었다. 대적해야만 하는 대

상은 녀석이다. 하지만 그 이전에 머릿속을 하얗게 만들지 못해 안달이 난 이 고통들과의 싸움이 계속되고 있었다.

강제로 심장 박동을 침착하게 돌려놓아도, 금세 다시 튀어 오른다.

심장이 한 번 더 쿵 소리를 냈다.

상대를 제압할 때 내가 애용하던 수법이 이제는 단두대의 날이 되어서 떨어지던 순간에였다.

첫 번째 들어온 선이 내 목을 갈라버리려는 것을, 중간에 난입한 다른 선이 그것을 과감하게 엮어 버렸다. 육안으로는 무엇이 내 것이고, 무엇이 저 녀석 것인지는 분간하기 어려울 정도로, 사정없이 꼬아졌다.

두 기운의 충돌.

파장이 확 퍼지며, 지하 공간은 더욱 넓어졌다.

그 찰나에 나는 고개를 들어 올릴 여유가 생겼다. 고개를 들자, 과연 녀석이 통로 중간에 걸쳐서 나를 내려다보고 있었다.

뭔가 마음대로 풀리지 않은 듯, 녀석의 눈썹이 꿈틀거렸다.

그 즉시, 녀석의 두 번째 세 번째 그리고 네 번째 선이 한꺼번에 움직였다.

그것만으로도 빠르고 복잡하지만, 내 기운들 또한 끼어 들었다. 아무렇게나 얽히고 얽혀서 도저히 풀 수 없는 실 타래같이, 우리가 만들어낸 기운들이 딱 그랬다.

기운들이 충돌하고, 거기에서 일어난 파장이 흙을 밀어 낸다.

하지만 문제는 밀려난 흙더미와 더불어, 거기에서 아직 폭발되지 않은 잔존된 힘에 있었다. 극한의 시간대가 풀 려나는 순간 일대가 폭발한다.

나머지 선들까지 전부 합세했다.

녀석은 위에서 나는 밑에서 서로를 노려보는 사이, 우 리의 시선이 마주치는 공간 안에서는 붉은 열기들이 아무 렇게나 날뛰는 것처럼 보인다.

하지만 규칙적인 길이 있다.

고통을 겨우 짓누르는 데 성공했을 때, 그 길이 보였다.

나는 조금씩 위로 움직였다.

녀석의 것이 살짝만 스쳐도 그쪽의 팔다리가 떨어져 나 갈 것 같은 통증이 즉각 일지만, 어쨌거나 나는 녀석과의 거리를 조금씩 좁혀 들어가는 중이었다.

그리고 들어오기 시작한 명왕단천공의 이미지를 무시하 지 않았다.

녀석이 물러서지 않는 것도 비슷한 이유로 추정됐다.

과연 녀석의 명왕단천공은 녀석에게 어떤 승리의 길을 보여줄지 모르겠다만, 나는 내 쪽이 우위에 있을 거란 자신이 들었다.

정확히는 일지공(一指功).

십이양공의 극성 공력을 한 점에 집약시키는 데 성공한 무공.

흑천마검마저도 물러서게 만들었던 절대 신공.

성 마루스에서 보냈던 고독 안에서 내가 직접 창안한 무공이기 때문에, 녀석의 명왕단천공은 이 존재를 알 수 없으리라.

그렇게 녀석에게 거리를 좁힌 바로 그 순간이었다.

십이양공의 극성 공력이 담긴 검지를 녀석을 향해 뻗을 때, 녀석 쪽에서도 준비하고 있던 노림수가 드디어 나왔다.

그런데 위로 뻗어진 나의 검지손가락이 걸쳐진 시야로, 또 다른 검지손가락이 불쑥 내려 들어오는 것이 아닌가.

우리는 동시에 서로의 얼굴을 봤다. 녀석의 얼굴이 창백해져 있었고, 아마도 나도 비슷한 얼굴이 되었을 것이다.

나와 녀석.

우리의 일지공이 중간에서 부딪쳤다.

제2장

혼연(渾然)

검지와 검지 사이.

온 힘이 일점(一點)으로 집약되어 있는 그 에너지와 마주하고 말았을 때, 나는 어금니가 스스로 깨져 버릴 만큼 이를 악물었다.

실제로 이 몸을 구성하고 있는 모든 물질이 최소 입자 형태로 갈가리 분해될 만한 충격이 있었다. 그랬던 고통은 찰나에 들어왔다가 찰나에 사라지고 만 것이라서, 이 싸움의 양상이 생각과는 다른 방향으로 시작되는 순간이었다.

단전 안에 충만하였던 기운을 전부 쏟아 붓기까지는 그

리 오래 걸리지 않았다.

두 힘의 충돌 지점에서 일어난 그 현상은 흡사 블랙홀과 같이, 나와 녀석의 기운을 쉼 없이 갈구했다. 하지만 어느 누구나 중간에 멈추기에는, 이후의 여파를 감당할 수가 없었다.

우리의 내공이 그렇게 동시에 바닥났을 때, 우리 둘 사이에는 태양과도 같은 현상이 일어나 은은한 붉은 광휘(光輝)를 사방으로 뻗치고 있었다. 또 그것은 우리의 마음을 매료시켰다.

무엇을 상상하든, 아득히 초월하고 마는 무한대의 우주.

저 안으로나마 우주의 편린(片鱗)을 엿보는 기분이었다. 마치 빅뱅의 시작, 새로운 우주의 탄생을 보는 듯했으니까.

빛이 선명하게 바뀔 무렵,

그러니까 우리가 내뿜은 두 힘이 융합을 시작하던 무렵.

나는 이제 그만 초월적인 세계를 벗어나, 지금 마주하고 만 지독한 현실로 돌아와야 할 때라고 느꼈다. 그것이 얼마나 비정상적인 현실일지라도 말이다.

공력이 한줌도 남아 있지 않았다.

8만 8천 개의 할라도 처음의 충돌로 자유롭게 운용할 수가 없는 상태.

그럼에도 불구하고 극한의 시간대에 계속 잔존할 수 있

는 이유는, 초인적으로 날 선 감각 때문이지 공력 때문이 아니다.

하지만 이마저도 곧 사그라들리라.

부상(浮上)할 힘이 없는 이상, 아래로 떨어질 수밖에 없었다.

그건 녀석도 마찬가지였다.

깊은 지하 공간 안이지만, 우리가 만들어낸 현상으로 대낮보다 밝았다.

바닥을 밟으면서 허리를 곧추세웠다. 녀석이 내 위로 떨어지면서, 노리고 있는 공격이 보였기 빤히 보였기 때문이었다.

아니나 다를까, 녀석의 손바닥과 내 손바닥이 허공에서 맞부딪쳤다.

팡!

녀석이 탄성을 이용하며 멀찌감치 거리를 벌리려던 것까지, 명왕단천공에서 보내왔던 이미지 그대로였다.

공력을 담아 펼치는 상승 무공은 이 순간만큼은 모두 배제되었다.

명왕단천공이 보여주는 투로(鬪路)는, 예컨대 에르마가 좋아하던 방식 그대로였다. 지면을 박찰 때마다 발바닥 전체로 뭉개져 오는 바닥의 느낌이 실로 생생했다.

오랜만이다. 공력 없이, 이 육체만으로 싸우는 순수한 싸움은…….


나는 흑천마검에게서 생존해야 했기 때문에 명왕단천공을 수련해야만 했지만, 녀석에게는 그런 간절한 이유가 없었다. 그럼에도 불구하고 녀석이 나와 동수를 이룰 수 있는 까닭은 동화(同化)에 있었다.

녀석의 숨통을 끊어 놓을 수 있는 주먹을 뻗었다가, 같은 순간에 똑같이 날아오는 전방의 주먹을 보고 자세를 낮춰야만 했다.

녀석이나 나나, 방어 없이 그 공격을 서로 교환했다가는 그 순간이 인생의 마지막 순간이 될 거란 걸 잘 알았다.

이래서야 끝장을 볼 수 없다.

소비적인 시간만 지나가고 있는 셈이다.

내 호흡이 거칠어졌을 때, 내게 호흡을 맞추고 있던 녀석의 코 평수 또한 벌렁벌렁거렸다.

― 왜 날 공격한 것인가.

서로 지닌 힘이 상당히 무력해졌기 때문에, 그래서 더 녀석에게 의념을 보낼 수 있는 여유가 생겼다.

물론 서로가 서로에게 내뻗는 주먹과 발길질은 멈추지 않았다.

휙 하고 머리맡을 스쳐 지나간 발길질이 있으면, 어김없이 그 틈을 놓치지 않는 내 주먹이 녀석의 얼굴을 향해 날아간다.

— 넌 평행 세계를 뭐라고 생각하지?

녀석의 그 의념은, 내 주먹을 추호만큼의 차이로 피한 다음에 나왔다.

— 아니, 분기점마다 갈라진 다른 세계라고 생각하고 있겠지. 나도 그렇게 생각해 왔다. 하지만 신경 쓸 필요도 없는 저 멀디 먼 곳의 이야기라라서, 오래전에 그 생각을 그만두었지. 네가 여기로 흘러들어 오기 전까지는 말이야.

그사이 녀석의 주먹 두 번이 턱과 비장을 빠르게 노렸으나, 나는 그 모두를 쳐내고서 녀석의 중심을 노리는 공격을 되돌려 줄 수 있었다.

타격감이 있었다. 그렇게 쓰러질 듯하다가, 원숭이처럼 재빠르게 튀어 오르는 녀석에게서 의념이 이어져 들려왔다.

— 너와 나 사이에, 누가 진짜냐는 물음은 애초부터 성립될 수 없는 것일 테지. 너도, 나도. 우리는 전부 진짜일 수밖에 없으니까. 하지만 갑자기 이런 의문이 뇌리를 스치더군.

내가 저렇게나 차가운 웃음을 지을 수 있었던가?

순간에 녀석의 만면에 걸쳐진 냉소는, 지금껏 내가 보아온 그 어떤 찬웃음들과는 깊이가 달랐다.

— 인과율의 지고한 관심이 쏠려있는 '원류(源流)'는 정해져 있는 게 아닐까? 그런 의문 말이다. 그리고 우리에겐 그걸 판가름하기 좋은 기준이 있지.

— 흑천마검이라고 생각하는 것인가?

내가 반문했다.

— 그것만큼 분명한 기준이 있을까. 그렇다면 이 세상은……

나는 녀석의 이어질 말이 무엇인지 알았지만, 차마 입 밖으로는 낼 수 없었다. 그것은 녀석에게 너무도 가혹한 이야기였다.

그리고 녀석의 이어진 말은 어김없이 생각 그대로였다.

— 번외(番外)일 수밖에.

녀석이 의념이 계속 이어졌다.

— 하지만 지금 결론짓기에는 섣부른 것 같더군. 이제 알 수 있겠지만.

— 날 죽이고 네가 원류가 되겠다는 것인가? 흑천마검을 되찾아서?

이럴 가능성을 때문에, 현재 흑천마검의 무력함을 두고

두고 설파했던 것이다.

— 틀렸어. 앞뒤가 바뀌었다. 내가 원류라면 널 죽일 수 있겠지. 설마 이게 미친 소리 같이 들리진 않겠지? 너라면 말이야.

그렇지 않다.

— 그러니 순순히 죽어줬으면 좋겠지만. 넌 이런 흙탕물 싸움에 꽤 능통하군. 네 과거가 빌어먹게 궁금해졌어.

— 지금이라도 그만둔다면, 없던 일로 해 줄 용의가 있다.

내가 말했다.

이런 우주적인 문제는 정말이지 진절머리나니까.

녀석과는 마주치지 말았어야 했다. 애초에 마주칠 확률조차 없는, 일어날 수 없는 일이기도 했다. 그러나 인과율의 장난질은 정말로 도가 지나쳤다. 이번만큼은 정말로.

나는 녀석에게 화가 나는 것이 아니라, 내 일생을 제 마음대로 휘두르고 있는 인과율에게 모든 화가 쏠렸다.

그러니 인과율이 인격체이길 바란다. 그래서 똑같이 앙갚음 해 줄 수 있는 기회가 있길 바란다.

하지만 그러한 생각들도 뇌리 저편으로 밀어둘 수밖에 없게도, 살의가 짙게 퍼져 있는 녀석의 얼굴이 부쩍 가까워졌다.

여기서 한 명이 죽어야만 끝이 나는데, 아무래도 빌어먹을 인과율은 이번에도 내 손을 들어 주기로 한 것 같았다.

아주 한끝 차이였다.

녀석이 다음 단계로 들어간 내 전검(戰劍)을 막 따라 들어오려던 그 찰나가, 이 끔찍한 이야기를 마무리 지을 수 있는 순간이었다.

그 순간은 곧 에르마가 이루지 못했던 전검의 마지막 길이 보이는 순간이기도 했으며, 미처 생각도 못 했던 명왕 단천공을 완성할 수 있는 마지막 연결 고리이기도 했다.


내 주먹이 먼저 녀석의 중완 부분에 닿았을 때, 녀석의 경악한 얼굴이 시선에 가득 차 들어왔다.

지금 이 순간을 아마도 평생 잊지 못할 거란 생각이 들었다. 언젠가 나도 죽고 마는 순간에 지을 표정이 바로 저것일 테니까.

녀석은 뒤로 쓰러진 그대로 눈을 깜박거리고 있었고, 그 모습을 지켜보고 있는 나는 실제로 가슴에 통증이 느껴질 정도로 마음이 아팠다.

주먹 끝에서부터 시작된 끔찍한 기분이 전신 전체에 끈적끈적하게 달라붙었다.

할 수만 있다면 살점을 하나하나 도려내면서 그 전부를

떨쳐내고 싶었다.

왜 내게 이런 끔찍한 일이 일어나야만 했는가. 난 단지, 중원으로 돌아갈 길을 찾기 위해서였을 뿐이었는데.

꿀꺽, 침을 삼켜 넘기는 소리가 천둥 같이 울린다. 동시에 가슴에 막혀 버린 뭔가는, 긴 한숨으로도 풀어지지 않는다.

결국 마지막에 멈춰버린 녀석의 눈꺼풀은 더 이상 떠지지 않았다.

**— 원통하도다. 원통하도다!**

그때.

머릿속에 끼어든 그 목소리는 녀석의 것도, 그렇다고 흑천마검의 것도 아니었다.

혈마의 백(魄).

기다렸던 목소리였었다. 하지만 지금에 와서는 별다른 감흥이 일어나지 않았다. 그야말로 귀(鬼)에 불과한 망령.

— 흑천마검.

나는 흑천마검부터 불렀다.

흑천마검이 지반 벽을 비스듬히 뚫고 나오며 모습을 드러냈다.

어쩐지 즐거운 표정이었던 흑천마검은 내 안에서 일어난 변화를 바로 알아차리고는, 얼굴을 일그러트릴 수 있는 한계점까지 와락 구겼다.

역시 흑천마검은 이 세상의 나를 내가 죽인 것보다도, 내 안에서 일어난 변화를 더 신경 쓰고 있었다.

— 박쥐 놈.

흑천마검이 내게 의념을 전하지만, 그 대상은 내 쪽이 아니라 혈마 쪽이었다.

하지만 혈마의 의념은 여전히 원통하다고만 울부짖을 뿐이다. 그건 내 뇌리 안에서 일어나는 일이라고 해도 통제가 불가능한 현상이었다.

잠깐만으로도 머리 안이 괴롭다.

— 굉장히 불완전하군. 박쥐 놈의 자아는 불완전한 그대로 곧 완성될 것이다. 한 몸에 그걸 어찌 받고 살꼬. 크크크.

흑천마검이 비꼬며 웃었다.

— 혈마는 차후의 문제. 지금은…….

나는 번잡스럽게 울려대는 목소리들을 무시하고서 고개를 들었다.

지상으로 나갈 수 있는 통로 중간에는 불쌍한 녀석과 내 기운이 더욱 작아진 일점(一點)으로 융합되어, 이 세상 밖으로 제 대단한 힘을 드러낼 순간만을 기다리고 있었다.

찬란한 붉은 광휘.

과연 나는 저 대단한 힘을 이 몸 안으로 받아낼 수 있을까? 그건 서울이 잿더미로 변해버리는 것과는 또 다른 문제였다.

극한의 시간대가 풀려지는 순간, 거대한 화마(火魔)가 이 세상을 집어삼킬 것이다.

그리고 그 화마는 제 주인을 몰라보겠지.

— 흑천마검. 지금 나는 저걸 이 몸 안으로 받아들일 생각이다.

— 그건…….

— 그 방법밖에 없겠어. 여기에서 살아나가기 위해서라도. 하지만 만일 내가 죽고 만다면.

시선은 이 세상의 내가 죽어 있는 쪽으로 자연스럽게 움직였다.

— 너만이라도 인과율을 갈가리 찢어 버려줬으면 좋겠군.

*　　*　　*

탈인지경에 이르렀어도 육신의 고통에서 만큼은 벗어나지 못했다.

멀리는 드래곤에게 압사당하려던 순간이 그랬고, 바로 가까이로는 이 세상의 내가 펼쳤던 일지공과 정면으로 부딪쳤을 때도 그랬다.

끔찍한 고통은 사고를 원초적으로 만든다. 그 고통이 끝날 수만 있다면 목숨이야 어떻게 되든 상관이 없어지고 만다.

직전에 가졌던 의지가 얼마나 강인했는지 따위는, 고통 앞에 속절없이 무너지기 마련.

그래서 지금 어떤 마음가짐으로 임하는지는, 곧 있을 고통의 순간에서 어떤 가치도 없다는 걸 너무나 잘 알고 있었다.

손발이 주체할 수 없을 정도로 떨리기 시작했다. 이도 딱딱 부딪쳤다. 저기에서 올 고통이 얼마나 끔찍할지 너무도 빤히 보였기 때문이었다.

태양과도 같은 그것이 나를 향해 떨어지는 속도가 점점 더 빨라지고 있을 때였다.

나는 흑천마검에게 빠르게 전했다.

— 날 죽여 달라고 애걸복걸하며 말하고 말겠지만, 그건 내 의지가 아니다. 네 목소리를 계속 들려줬으면 하는군. 어쩌면 그게 나를 버티게 할지도 모르니.

흑천마검의 대답이 들려오기도 전에 이윽고 그것이 제

붉은 광휘로 만물(萬物)의 형상을 전부 지워버리며, 온 세상을 집어 삼키기에 이르렀다.

태양에서 화마(火魔)로 변한 괴물이 정수리로 아가리를 벌리며 들어온다.

왔다!

세상이 붉어졌다.

그야말로 전신이 순식간에 타버린 줄 알았다. 일말의 고통조차 느껴지지 않을 정도로, 그 일이 너무도 빠르고 파괴적으로 일어난 것으로만 생각됐다.

하지만.

사후 세계로 넘어가는 바로 직전의 세계는 이렇지 않았다.

그 세계 안에서는 생전에 미처 끝내지 못했던 일들이 조금도 생각나지 않는다.

애환(哀歡)도 함께 사라진다.

끝내 남아있는 의식의 일부분 안에서의 사고방식은, 마치 그렇게 되어 지기로 정해진 프로그램과도 같이 무정하고 기계적으로 이뤄진다.

하지만 지금 나는 아직 왕성하다.

죽지 않았다.

아직 살아있다.

정신이 번뜩 드는 그 순간, 차라리 그대로 죽어버렸으면 더 좋았을 고통이 고개를 들었다.

"으……."

내부에서부터 치솟아 오른 고통이 두개골을 가르고 시작하는 것만 같다.

그때부터 거대한 화마(火魔)는 내 모든 것을 잘근잘근 씹어대기 시작했다. 실로 잔인하게도 반응 하나하나가 세밀하게 느껴지려 한다.

시작된다.

이건!

"으아아악!"

피가 울컥 토해져 나왔다.

동시에 빳빳하게 경직된 손가락과 발가락은 내 통제에서 벌써 벗어나 있었고, 고통으로 일어나는 거친 호흡 또한 짓누르기 위해 안간힘을 쓰는 정도를 가뿐히 초월한 상태였다.

이 고통의 강도는 드래곤이 나를 압살하려 할 때보다 더하다!

이건 정말로 버티기 힘들 것 같다는 생각이 든 바로 그때가, 정상적인 사고의 마지막 순간이 될 거라는 걸 퍼뜩 깨달았다.

마지막으로 대비해야만 하는 일을 빠르게 끝마쳤다. 어디까지나 인간의 장기를 담고 있는 몸인 이상, 극도의 고통에 심장이 놀라 멈춰 버릴 가능성이 꽤나 높았기 때문이었다.

— 부탁한다.

악을 쓰듯.

— 흑천마검!

마음속으로 외쳤다.

"으아아아악!"

하지만 정작 입 밖으로 튀어 나오는 건 어김없는 비명뿐.

화마(火魔)는 본연히 혈맥을 따라 흘러야 할 정상적인 경로에서 진즉에 이탈해 버렸다. 그리고 미처 날뛰려는 움직임을 보였다.

어떻게든 기운을 붙잡아서 단전 안으로 밀어 넣어 보려 하지만, 한계치까지 키운 단전으로도 저 괴물의 크기를 감당할 수가 없다.

단전 가까이로 조금도 유도하지 못한 채, 고통이 점점 더 맹렬해져 간다.

척추가 제 멋대로 꺾여대면서, 나는 아마도 비정상적인 몰골이 되고 말았을 것이다. 그러면서 이는 고통이 마치 형벌이나 다를 바 없이 느껴졌다.

내가 일으킨 재앙들 그리고 죄업들. 그 모든 일들이 파노라마처럼 뇌리를 스쳐지나간다.

생각했다.

고금 인류 역사상 다시없을 끔찍한 죄인에게는, 당연히 마땅한 화형(火刑). 그러니 여기는 지옥 불구덩이일 수밖에 없다고.

나 같은 천고의 죄인은 이렇게 죽어 마땅하다. 다만 끝내 마음에 걸리고 마는 여럿 때문에 눈물이 왈칵 나려고 하다가도, 안에서부터 증발되고 말았는지 눈만 와직끈 닫혔다가 다시 열리길 반복한다.

"으아아악!"

벌써 멈췄어도 충분했을 심장이 여전히 펄떡거리는 게 정말로 원망스러웠다.

화마 또한 내가 그간 어떤 죄를 짓고 여태껏 살아왔는지, 전부 꿰뚫어 보고 있는 게 틀림없었다. 그래서 내게 깨끗한 죽음을 선사할 생각이 없는 것이다.

애초에 나는 이렇게 고통스럽게 죽기로 되어 있었던 모양이다.

조금 전만 하여도 나는 나를 살해했으니까.

그리고 그 시신으로 추정되는 뭔가가 발버둥치는 팔다

리로 툭툭 걸리고 있었다.

포기하려고 해서 포기하는 게 아니라, 포기할 수밖에 없기 때문에 포기해야 하는 것이다. 한 번 이탈된 거대 기운은 제멋대로 날뛰는데, 나는 이걸 절대 붙잡아 둘 수 없었다.

다 끝났다.

오로지, 이 끔찍한 고통에서 나를 해방시켜 줄 수 있는 존재가 있다는 게 다행스럽다.

"으아아악!"

—흑천마검!

"악!"

— 날 죽여! 날 죽여! 어서. 직전에 했던 말은 잊어. 이건 내가 감당할 수 있는 게 아니야. 제발 날 죽여줘. 제발!

비명에 섞인 의념이 흑천마검에게 전해지길 바라고, 또 바랐다.

하지만 이 육신을 한시도 가만히 있지 못하게 만드는 처절한 고통은 조금도 나아지지 않았다. 굴러가는 눈덩이처럼 고통의 크기를 키우다 못해, 내 혼백까지 덩달아 소멸시켜버릴 지경이다.

그때 문득, 시야 안으로 부산히 흩뿌려져 내려오는 것들이 있었다.

하지만 나를 이 고통에서 구원해 줄 흑천마검의 뭔가가 아니라, 언제인지 한 움큼 뽑아버리고 만 내 머리카락들이란 사실을 깨닫고는 눈알부터 굴려야만 했다.

"크…… 으으으윽!"

— 죽여줘!

시야는 마구잡이로 흔들거리고 있었다. 이 목에 찔러 넣어버릴 날붙이를 찾는다. 저기에 떠 있는 뿌연 것은 흑천마검이고, 바로 내 옆에 같이 쓰러져 있는 것은 시신이다.

이 목숨을 끊어버리는 데 날붙이가 웬 말이냐, 내 스스로 심장을 정지시켜 버리면 되는 것을…….

나는 그럴 수 있었다. 드디어 이 지옥에서 해방될 수 있는 순간이 찾아왔다.

한시도 기다릴 수 없었다.

펄펄 끓는 가마솥에 온갖 장기를 다 같이 한데 뒤섞어 삶고 있는 중인 것만 같지만, 다행히 심장을 특정할 수 있는 조건이 있었다.

거기에 걸쳐져 있는 서클을 찾으면 된다. 그것은 장기가 아니고 선천진기로 이루어진 인위적인 현상의 일부분인지라, 화마의 영향에서 조금이나마 벗어나 있었다.

마침내 서클을 찾았다.

"아아아아악!"

심장을 멈추려는 순간이었다.

— 애…….

무슨 목소리가 있었다?

그 소리는 너무도 작고 희미해서 잘 들리지도 않았다. 그러고 보니 처음부터 계속 들렸던 것 같기도 했다.

흑천마검에게 마지막 남겼던 당부가 그때 퍼뜩 생각났다.

— 애송아. 저승길 동무로 온갖 인간들을 다 데리고 갈 테니 외롭진 않겠구나. 한데 이 몸은 대체 이 말을 몇 번이나 중얼거려야 하는 것이냐. 정신 차리지 못하냐! 애송이!

계속 들려오고 있던 소리는 그게 전부가 아니었다.

하나가 더 있었다.

— 혼연(渾然)한 기운…… 혼연한 기운…… 혼연한 기운…… 혼연한 기운…… 혼연한 기운…… 혼연한 기운…… 혼연한 기운…….

주문을 외우는 듯한 불완전한 목소리의 정체는, 혈마의 백이다.

"아아악!"

비명을 지르는 힘에 보태서 팔다리를 움직였다. 양 손

으로 바닥을 밀었고 두 다리를 안으로 포갰다.

어떻게든 자세를 바로 잡을 수 있었지만, 미처 날뛰는 화마의 기운은 언제고 나를 다시 바닥으로 내동댕이칠 수 있었다. 역시 그랬다.

하지만 넘어질 때의 충격은 조금도 느껴질 틈이 없었다.

전신을 지배하고 있는 화마의 열기 때문에, 내가 정말로 쓰러진 것인지 아니면 쓰러진 것처럼 느껴지는 것에 불과한 것인지, 분간할 수 없을 만큼 혼미한 상태였다.

어김없이 일어나는 고통이 눈을 뒤집어 깠고, 그때 잠깐이나마 자세를 확인할 수 있었다. 나는 아직 쓰러지지 않았다. 갑자기 입안에 감도는 쐬한 피 맛이 그리도 반가울 수가 없었다.

화마의 성질은 혈마의 백이 읊고 있는 대로 혼연(渾然)하다.

본시 내 안에서 출발한 것과 또 다른 내 안에서 출발한 것이 융합된 것이기에 그렇다. 그 둘이 하나로 합쳐져 둘에서 멈춘 것이 아니라, 더 큰 힘으로 혼연한 성질을 갖췄다.

십이양공의 극성 기운이 우리네 인간이 만들어 낼 수 있는 절대적 끝이 아니었다.

그래서 날뛰는 이 거대 기운을 명명하자면 십삼양이 아닌, 십사양(十四陽)으로 일컬을 수 있겠다.

그걸 온전히 받아들일 수만 있다면, 십이양공은 내게 있어 이름이 바뀔 수밖에 없다.

십이양공이 아닌 십사양공.

"으아아아악!"

몸 안으로 들이고 나니 더욱 잘 알겠다. 실패하면 끝이다.

바깥에서 폭발하고 만다면.

여기에는 더 이상 딛고 설 땅도, 올려다 볼 하늘도 없을 것이다.

엄청난 인구의 목숨이 지금의 촌각에 달렸다.

*        *        *

그 일은 한 번에 일어났다. 처절한 고통마저 뭉개져 버릴 만큼, 순간에 일어난 환열(歡悅)이 온몸을 지배하는 순간에서였다.

그 잠깐 동안의 기억이 희미했는데, 그것은 아마도 이 몸 전체가 물질을 구성하는 최소 입자 수준까지 분해되었기 때문이었을 거라 생각됐다.

정확히 기억나는 바는 딱 하나뿐, 육체가 다시 구성될 때였다.

그때 내게는 몇 개의 선택권이 있었다.

블랙 드래곤과 흡사한 형태들도 여럿 생각나긴 했지만, 나는 인류의 형태를 고집했다. 사고의 영역까지 인간의 한계를 초월할 수 있다면 모를까, 인류가 아닌 형태의 육체로 살고 싶지 않았다.

이는 근본(根本)의 문제였다. 외양을 다르게 보일 수는 있어도, 내 자신이 어떻게 이루어져 있는지는 스스로를 속일 수 없으니 말이다.

단전은 더 이상 쓸모가 없어졌다.

단전이 필요했던 이유는 기운을 자연스럽게 배양하고 담아둘 수 없기 때문이지만, 새로 구성된 육체는 단전이 해오던 역할을 온전히 수용한다. 그러니 거대 기운 전부를 몸 안에 담은 이후로도, 더 받아들일 여력이 충분했다.

그런데 주변의 광경이 나를 혼란스럽게 만들고 있었다.

암흑뿐이다.

명실상부(名實相符) 암흑천지(暗黑天地).

무한한 우주의 공포가 어둠으로 현존하는 곳.

어떻게 된 것인지, 나는 지금 공허 안에 있었다.

새로운 경지에 돌입한 것은 부정할 수 없는 분명한 사

실인데, 지금까지가 절대 환상일 리가 없다.

"어떻게 된 거지?"

― 이 몸의 은혜를 뼛속까지 새겨 넣어라. 애송아. 이 몸이 아니었으면 네놈은 억겁의 세월 동안…….

다른 기억이 하나 더 떠올랐다.

육체를 새롭기 구성하기 이전, 그러니까 온몸이 입자 형태로 분해되었을 때.

자아(自我) 혹은 혼백이라고 할 수 있는 뭔가를 여기까지 이끌던 존재가 있었다. 그리고 내 육체는 공허 안에서 구성을 끝마친 것이다.

그제야 흑천마검이 말한 은혜가 무엇인지 알 수 있었다.

흑천마검이 아니었다면, 나는 공허에 닿기 위해 우주를 무한히 가로질러야 했을지도 몰랐다. 과연 그 방법으로 공허에 닿을 수 있는지조차 모르겠지만.

"그럼 그 세상은?"

― 멈췄겠지.

"결국 그렇게 된 건가."

평행세계의 내가 구체적으로 어떤 삶을 살아왔는지는 모른다.

그러나 녀석이 겪어왔을 고통과 회한은 뼈저리게 공감

한다. 그러니 녀석이 안식을 취할 작은 봉분이라도 만들어 주지 못한 것이, 거친 돌멩이가 되어 가슴 한구석에 틀어박혔다.

두 번 다시 겪어서는 안 될 일이었다. 내가 나를 죽였다.

또다시 곤두박질하는 기분이었다.

다만 그 세상 사람들을 구했다는 것과, 비로소 성(星)마루스에서도 뭔가를 해 볼 수 있는 조건이 되었다는 약간의 기쁨만이 나를 지탱하고 있었다.

— 자학하는 네놈의 취미에는 관심 없다. 돌아갈 방법은?

공허 안에서 새롭게 태어났을 때, 나를 향하는 흑천마검의 눈초리가 싸늘하게 변해 있었다.

나를 경계하는 것이야 당연하다. 녀석도 모를 리가 없었다.

이제는 비로소 내가 녀석보다 우위에 섰다는 것을 말이다. 즉, 흑천마검으로서는 이전처럼 나를 도모하기가 힘들어졌다.

새로이 이룩한 경지와는 별개의 문제다.

명왕단천공은 흑천마검을 잡는 칼.

그래도 흑천마검 녀석은 본인이 소생하는 것을 최우선에 두고 지금의 계획에 찬성했었지만, 슬슬 불안해지는 것일 테다.

— 박쥐 놈은?

흑천마검이 재차 물었다.

그때 간악한 반쪽짜리 망령(亡靈)은 내게 짓눌러 있는 상태였다.

똑같은 말만 반복해서 중얼거리던 것도 더는 들리지 않았다. 아니, 애초에 내 허가 없이는 제 존재를 드러내지도 못하게 되었다.

새로운 경지에 들어서면서 내 혼백의 힘이 더 강력해진 것일 수도 있겠지만, 그런 영적인 문제는 여전히 미지의 영역으로 남아 있다.

어쨌든 내 의식 어딘가에는 망령을 다스리는 on, off 스위치가 자리하고 있어, 현재 망령은 명왕단천공으로 돌아가 있었다. 즉, 통제된 명령에 의해서 제 능력만을 제공하는 셈이다.

새로운 경지에 들지 못했다면 망령의 괴롭힘에 얼마나 시달렸을지, 지금은 잘 알 수 있었다. 잠깐 동안이었지만 망령의 불완전한 중얼거림은 내 통제에서 완전히 벗어나 뇌리를 제멋대로 긁어 댔었다.

그것을 평생 달고 살아야 했다면, 아마도 나는 종국에 미쳐버렸을지도 몰랐다.

"꺼두었다."

그렇게 대답하는 와중에도, 평행 세계의 내가 계속 생각났다.

특히 녀석이 죽어갈 때의 얼굴을 지금도 바로 앞에서 대면하고 있는 것만 같았다. 바로 직전의 일이라고 치부하기엔, 평생 잊지 못할 트라우마가 될 거라 직감했다.

— 꺼두어?

"말하자면 그렇게 표현할 수 있겠지."

나는 담담하게 말했다.

그럼 어서 켜지 않고 뭐해?

흑천마검이 그런 성난 눈초리를 나를 노려봤는데, 그럴 필요가 없었다.

자연히 느낄 수 있었다.

흑천마검이 백운신검을 쫓아 완전한 하나가 되려 하듯, 혈마의 백(白)에도 혼을 쫓으려는 그러한 현상이 있었다.

망령을 불러내기를 자유로이 할 수 있듯이, 명왕단천공 또한 마찬가지였다.

생각해 보면 당연히 이렇게 될 일이었다. 뇌리에서 이는 붉고 푸른 자극은 이제 더는 내 허가 없이는 일어나지 않는다.

한때 혈마교와 정마교를 있게 한 전신(前身)이자 흑천마검과 백운신검의 주인이었던 위대한 자의 혼백이 내 안에서 한없이 추락하고 말았지만, 거기에 일말의 동정심조차 느낄 수 없다.

어긋난 욕망의 말로가, 그의 영혼마저 컴퓨터 프로그램과도 추락시킨 것이다.

명왕단천공을 개방시켰다.

그러자 과연 내 시선이 이동하는 방향에 따라서 뇌리에서 이는 자극의 정도가 달라지기 시작했다.

드디어 돌아갈 수 있다.

하지만 그 대가는 상상조차 할 수 없을 만큼 너무도 끔찍한 것이었다.

빌어먹을…… 인과율.

저주한다.


*　　　*　　　*


수많은 부름 중에 유독 강한 부름으로 자극을 한정시켰다.

유체화 상태의 흑천마검도 나를 놓칠까 바짝 붙어 있었다.

이윽고 천년금박의 어둠 벽을 뚫고 나온 그대로, 단번

에 입구까지 빠져나왔다. 순간 폐부로 들어차 들어오는 공기가 실로 반가웠다.

"후우!"

인류 형태의 육체를 고집한 것이 헛되지 않았다.

평행 세계에서는 극한의 시간대를 꽤 유지했었다. 때문에 이쪽에서 흘러간 시간은 정말이지 미약해서, 변동한 것이라고는 찾아볼 수 없었다.

흑천마검의 파편에 마기를 흘려보내던 그때, 그대로였다.

그런데 예견되었던 일이, 중원으로 돌아오자마자 시작됐다.

대자연의 기운이 자연스럽게 계속 흘러들어온다.

이 몸 안에 어디까지 응축될 수 있는 것인지, 끝이 없다.

지금까지 내가 생각할 수 있는 기운의 한계점은 십이양(十二陽)이었다. 그 두 배의 기운을 십삼양이라 가정한다면, 당장 채워진 기운은 그 정도를 훨씬 능가한 십사양이라 말할 수 있을 것이다.

하지만 거기에서 멈춘 것이 아니라 이리도 계속해서 기운이 들어오고 있으니, 여기서 완전히 충만된 시점에서 또다시 십오양이라 개념을 만들어야 할지도 모르는 일이었다.

만물이 태초 자연의 진리에 따라 움직이듯, 이 몸에서
도 그랬다.

＊　　　＊　　　＊

흑천마검은 붙여지다 만 검신과 나머지 조각들이 담겨
져 있는 철함 앞에 우두커니 선 채, 그 안을 조용히 응시
하고 있었다.

"기다려라."

— 얼마나?

흑천마검이 차가운 눈빛을 흩뿌리며 되물었다.

"곧 알게 되겠지. 그리고 단 한 번만으로 네 현신을 처
음처럼 만들 수 있을 것이다. 그럼 네가 그 안으로 들어가
는 식인가?"

대답은 들려오지 않았다.

편안한 자세로 앉았다. 가부좌를 틀고 앉아 운기행공을
하지 않아도, 가만히 있는 것만으로도 이 세상의 기운이
들어온다.

그리고 그 기운이 온몸에 충만해 질대로 충만해 진다
면…….

생각했던 대로 이 몸 안에 기운이 담겨질 수 없는 때가

오자, 들어온 기운이 새로이 담기고 그 정도의 양이 바깥으로 흘러나간다.

이 육체는 바닥에 엉덩이 깔고 앉아 있는 중이지만, 실제 내가 느끼는 기분은 한없이 자유롭게 허공을 부유하는 듯했다. 바람이 불어오는 방향이 있듯이, 기운이 오고 나가는 흐름에 따라 하늘하늘한 느낌이 아련하다.

하지만 몸 안에 가득 차 있는 기운으로 신경을 돌리면, 거기에 도사리고 있는 극렬(極烈)하고도 가공한 기운이 선명하게 느껴진다.

딛고 설 땅을 없앨 수 있고, 올려다볼 하늘을 가를 수 있는 힘이다.

인간의 사고방식이 유지되고 있는 한, 한없이 위험할 수밖에 없는 힘.

그래서 다루는 데 항시 경각심을 높게 가지고 있어야만 하는 힘.

이 힘으로 일어날 재앙이 있다면, 그 재앙은 지금까지와는 차원이 다른 대(大) 파멸일 수밖에 없다. 일전까지 손가락 한 번에 그 세상 사람들의 운명을 좌지우지할 수 있었다면, 지금에 이르러서는 행성의 운명까지도 결정되고 마는 것이다.

이 몸으로 흑천마검과 합일한다면, 어떠한 존재가 되는

것일까.

몸을 일으켰다.

흑천마검은 나와 녀석의 파편이 들어있는 철함 사이에서 있던 중이어서, 내가 가까워지자 한쪽으로 자리를 피했다.

단전에서부터 끌어 올리는 기존의 운기 방식이 아니더라도 이질적이지 않았다. 붉은 기운이 자연스럽게 일어나되, 뇌락 같은 폭발력을 번뜩이며 철함 안을 향해 쇄도해 들어갔다.

조각조각 갈려져 있던 파편들이 일제히 움직인다. 마치 살아있는 유기적 생물체처럼, 미완성 중인 검신을 향해 빠르게 달라붙는다.

공력이 그렇게 빠져나가는 동안, 새로운 기운이 다시 채워지고 있다.

허기가 지지 않는다.

이 몸은 자연체(自然體)다.


양날로 된 직선적인 검신의 끝이 날카롭게 잘 벼려져 있으며, 예사롭지 않은 묵광이 은은한 빛을 발하고 있다.

녀석의 본질이 깃들지 않았어도, 그 자체만으로도 절세 보검같이 보인다.

하지만 이는 인식(認識)의 오류일 뿐이다.

그것의 진정한 정체는 흑천마검이 이 세상과 소통할 수 있게 하는 매개체이며, 녀석을 녀석으로 존재할 수 있게 하는 필수적인 부분이라 정의할 수 있을 것이다.

그런데 정작 흑천마검은 소생의 막바지에 이르러서 망설이고 있는 중이었다.

"다른 걸 더 준비할 게 있는가?"

모른 체하고 물었다.

녀석이 반응을 보였다.

그러나 미간만 꿈틀거릴 뿐이지, 침묵을 깨고 나오는 어떤 목소리도 없었다. 녀석은 성 마루스에서 나를 도모하려던 나날들처럼, 썩 조심스럽게 변해 있었다.

이 이상으로 녀석을 재촉해서는 안 될 것 같았다. 그래서 녀석의 소중한 일부분을 닫힌 철함 위에 가지런히 올려놓고서 몇 발자국 뒤로 물러났다.

기존에 녀석은 내가 명왕단천공을 대성, 간악한 망령을 깨워서 중원으로 돌아오는 방법을 찾는 데까지 동의하고 그 계획에 일조하였다.

하지만 우리에게 예상치 못한 일이 일어났다. 내가 자연체의 경지에 돌입한 일 말이다. 그게 녀석을 주저하게 하는 결정적인 이유로 작용하는 것 같았다.

되살아날 수만 있다면, 내가 늙어 죽을 때까지 수모를 참을 수 있을 거라 생각했던 것일까.

만일 그런 생각이었다면 녀석이 소생을 주저할 만했다. 왜냐하면 나는 더 이상 정해진 수명이 없어졌기 때문이었다.

혹은 역전의 기회를 틈틈이 노려볼 생각이었을 수도 있었다. 그런데 완성한 명왕단천공만으로도 녀석은 충분히 제압되기에 마땅했거니와, 내가 운용할 수 있는 힘 또한 녀석을 능가하기에 이르렀다.

대체 인과율은 내게 무엇을 바라고, 그러한 힘을 내게 실어 주었단 말인가.

그 악랄한 저의는 대체 무엇이란 말인가.

녀석도 그렇겠지만, 나도·나 나름대로 괴로운 심정이 있었다.

그러던 문득 흑천마검이 움직였다. 궁지에 몰렸을지언정, 일단 살아나가고 볼일이라 생각했던 것은 아니었을까 한다.

녀석의 본질이 제 일부분 안으로 스며들어 가기 시작했다.

공허의 강력한 흐름에 빨려 들어가듯, 유체화 상태의 본질이 기다랗게 늘려지면서 시작됐다. 더욱 괴상하게 변해버린 얼굴 안으로도, 거기에 실린 분노가 다 느껴질 정도였다.

아마도 녀석은 나만큼이나 인과율을 저주하고 있는 것 같았다.

그때.

열어둔 명왕단천공에서 자극이 번뜩였다.

내 기억 속에서 그런 방법을 생각해내고 말았는지 모르겠지만, 명왕단천공은 드래곤이 백운신검을 속박하고 있었던 방법과 일맥상통(一脈相通)한 방법을 제시했다.

강력한 힘으로 녀석을 제압하는 원초적인 방법이다. 녀석은 그 이미지 안에서 벌써, 쇠사슬로 여겨질 수 있는 기운의 끈에 속박되어 발버둥 치고 있었다.

하지만 나는 그렇게 할 생각이 없었다.

녀석이 도주하는 순간만 놓치지 않으면 된다. 명왕단천공에게 새로운 명령을 각인시키며, 흑천마검이 진짜 녀석으로 소생되길 기다렸다.

흑천마검은 찰나에 소생됐다. 그리고 더 이상 사물을 투과시키지 않는, 제대로 현존한 모습으로 나를 쳐다보는 것이었다.

녀석의 만면으로 감출 수 없는 감정이 고스란히 드러났다.

그렇게 떠오른 당혹스러운 감정이 분노로 이어지기까지 그렇게 오래 걸리지 않았다. 살짝만 건드려도 광분(狂奔)할 것만 같았다.

소생되고 나자, 본인이 처한 현실이 더욱 실감이 날 수밖에 없겠지. 제 존재가 실로 비참하게 느껴지겠지. 존엄하고도 위대하신 몸께서, 한때 사육의 대상에 불과했던 미천한 애송이 따위에게 꼼짝도 못하는 신세가 되고 말았으니 말이다.

예컨대 녀석은 소생되자마자 그 찰나를 놓치지 않고 달아나려 했었는데, 녀석이 공간을 가르려는 움직임보다도 내가 보낸 경고의 눈빛 쪽이 훨씬 빠르게 녀석에게 닿았었다.

"확실히 소생된 것이겠지? 아니면 더 필요한 게 있는가?"

나는 녀석의 자존심을 긁지 않는 선에서, 지금의 태도를 유지하기로 마음먹었다.

"백운 그년. 가는 게 있으면 오는 게 있어야지."

부들부들 떠는 흑천마검.

녀석은 정말로 날이 서 있었다.

내뱉은 한마디 한마디에, 응어리져 있는 온갖 감정들이 다 뒤섞여져 나온다.

녀석은 지금 백운신검을 갈구하는 중이었다. 백운신검

만이 녀석을 완전하게 만들고, 또 내 굴레에서 벗어날 수 있으니.

나는 우리의 입장이 완전히 반전되었다는 것을 다시금 느낄 수 있었다.

"백운신검을 삼키면 너는 완전한 신이 되겠지?"

"그러니까."

"하지만 완전한 신조차도 인과율에서는 벗어날 수 없지."

인과율은 우주를 지배하는 제1 법칙이자 태초의 진리다.

"너희 같은 존엄한 존재들도 존재 이유가 있을 거란 생각이 들더군. 그리고 나는 그 이유가 인과율이 이행되기 위한 조건 같은 거라 생각하고 있다. 신이란 종국에 그런 존재가 아닐까 하는데."

"무슨 개소리냐."

흑천마검은 정작 그렇게 말하고도, 어쩐지 자신 없는 투였다.

녀석도 자기가 완전했을 때의 기억이라고는 갈라지게 된 과정밖에 없다. 완전해 진다는 게 무엇인지, 어떤 역할이 주어지는 것인지는 모른다. 지금 반응을 보면 확실히 그랬다.

"인과율의 섭리를 이행하는 주체가 '신'이 아닌가 하는 것이다. 편의상 신이라 명명하고 있는 것이지, 우리가 일반적으로 생각하는 신이란 아무래도 인과율일 수밖에 없다."

그저 추정일 뿐이지만, 녀석도 어느 정도 솔깃해 하고 있었다.

"그래서?"

조그마한 동공이 내 입술을 쫓았다.

"백운신검을 원한다면 지금이라도 넘겨주마. 소생시켜서."

백운신검은 현재 본인이 무엇인지도 모른 채, 공허 안을 떠돌고 있다. 그녀를 소생시키는 방법은 이제 분명해졌다.

흑천마검과 백운신검을 완전한 하나에서 둘로 쪼개 놓았던 타 차원의 신에 대한 적대적인 기억이, 자아를 되찾고 이쪽으로 끌어당기는 유도체적인 역할을 한다.

즉, 타 차원의 색다른 기운을 쪼개진 조각에게 흘려보내면 된다.

흑천마검은 그걸 '생각하고 싶지 않은 기억들을 끄집어낸다.'라는 식으로 표현했었고, 살라딘들의 남은 세 악마에게서 마기를 얻을 수 있겠지만, 그 양이 부족하다면 천년금박을 내려가야만 한다.

"백운신검의 소생을 바라는가?"

흑천마검에게 되물었다.

그때 흑천마검의 얼굴은 잔뜩 일그러져 있었다. 신의 존재 이유에 대해서 추정했던 말들이, 녀석으로서도 개소리로 치부할 수는 없었던 것이다.

그만큼이나 인과율을 향한 녀석의 증오심은, 깊어질 대로 깊어져 있는 상태였다.

우리는 공통의 적을 두었다.

"그년의 조각은 어디에 두었느냐?"

"제자의 수중에. 하지만 가져오는 건 문제 될 것 없다. 그리 멀지 않은 곳에 있으니까. 하면 지금 가져오도록 하지."

"크큭. 속이 빤히 보이는구나. 애송이."

"무엇이?"

"이 몸이 백운신검을 삼키지 못하게 기망한 다음에, 조력을 구하려는 게 아니냐."

고개를 절레절레 젓게 만드는 말이었다. 나는 쓴웃음을 지은 그대로 한숨을 내쉬었다. 그리고는 한숨의 끝자락에 옛 기억을 담아 말했다.

"보은(報恩). 네 녀석이 날 구명해 주었던 일을 어찌 잊을 수 있겠는가."

'이제는 네 녀석의 도움을 구걸할 필요가 없다는 것을

모르느냐?, 내 허가 없이는 네 녀석을 절대 이 속박에서 벗어날 수 없음인데?', 그 말은 끝내 삼켜 넘길 수 있었다.

녀석이 킥, 하고 웃는 소리를 냈다.

"헌데 지금 백운신검이 삼키는 것이 영 꺼림칙하다면 방법이 있다."

계속 말했다.

"인과율의 현신, 이를테면 드래곤을 삼켜 보면 어느 정도 답이 서지 않겠는가."

그제야 녀석의 눈빛이 달라졌다.

"사냥."

"복수."

우리는 동시에 말했다.


하지만 지금 당장은 성(星) 마루스로 떠날 수 없었다. 백운신검의 일부분이 여기에 남아 있는 이상, 중원의 시간이 흐르고 말기 때문이다.

그 점에 대해서 흑천마검에게 설명하니, 흑천마검은 내게 완전히 질렸다는 듯이 이렇게 말했다.

"네놈이 아직도 인간인 것 같으냐."

그러면서도 용케, 백운신검을 소생시켜야 한다는 소리는 없었다.

거기에 대해서는 아무런 대답도 하지 않았다.

그럴 필요가 없었다.

녀석의 조그마한 동공에 맺혀 있는 내 모습, 이전과 다름없는 지금의 형태가 녀석에게 들려줘야 할 대답을 고스란히 돌려주고 있는 셈이니까.

그래도 녀석에게 들려주고 싶은, 다른 이야기는 있었다.

"나는 영원할 수 있게 되었지만, 그러지 않을 것이다."

뭔 개소리야.

녀석은 나를 또 그런 아니꼬운 시선으로 쳐다봤다. 그런 녀석을 무시하고서 발걸음을 옮겼다. 나오는 길에 혼원귀를 격려한 다음 이어진 방향은, 어김없이 혈산의 정상 쪽이다.

화원 가운데에 설아가 있었다. 어설픈 동작이나마, 스스로 걸으려고 하는 영아도 나비를 따라가고 있었다.

평행 세계에서 또 한 번 죽음을 생각할 수밖에 없던 순간에, 생각나던 두 여자.

그때 나는 만면에 번지는 미소가 느껴지는 지금 이 순간을 그리도 소원했다.

"애송이, 네놈은 인과율이 낳은 희대의 실수다."

흑천마검이 옆에서 툴툴거리는 소리도, 전방의 광경이 가져오는 기분 안에서 사그라들었다.

다시 발걸음을 뗐다.

두 여자가 놀라지 않게 천천히 그리고 인기척을 내면서 였다.

나를 발견한 설아가 영아 앞에 쪼그리고 앉아서 나를 가리켜 보였다. 영아도 비로소 나를 볼 수 있었다. 그래서 나비를 쫓던 아장아장한 걸음으로 나를 향해 걸어오기 시작했다.

나는 어느 정도 걸어가다가, 영아의 키에 맞춰서 무릎을 굽혔다. 그렇게 영아는 내 품으로 걸어 들어왔다.

아직도 좋은 아기 냄새가 났다.

"아빠빠. 아빠빠."

어?

옹알이라고 하기에는 보다 구체적인 발음.

나는 깜짝 놀라서 고개를 번쩍 들었는데, 설아도 꽤나 놀라고 또 어쩐지 부끄러운 모양인지 동그란 눈을 하고 있었다.

그러는 우리의 시선 사이로, 영아가 쫓던 나비가 날아들었다.

우연이지만, 하얀 나비였다.

제3장

대진국

영아의 낮잠 시간.

설아는 자지 않겠다고 보채는 영아에게, 그리도 좋아하
는 물고기 봉제 인형을 작은 손에 꼭 쥐어주며 계속 달랬
다.

영아를 겨우 재우고 난 다음, 우리는 조금 늦은 점심을
함께했다.

혈산 안에서만큼은 근심거리가 없다.

우리의 대화 주제도 어느샌가 영아의 성장 발달에 국한
되어 있었다.

다만, 그 조용하고도 느린 시간 안에서도 한 번씩 느껴

지고 마는 미안함이 있었다. 설아는 이쪽의 풍습으로 과년(瓜年)이 찼다. 진작에 혼담이 오가야 했지만, 나는 지금의 경지에 이르러서도 확신할 수 없었다.

나는 언제든 설아의 곁에서 영영 사라져 버릴 수 있었다.

설아와의 결혼 생활을 생각하고자 하면, 과부가 된 설아의 이미지가 어김없이 따라붙곤 했다. 그게 어김없이 내 마음을 아프게 만든다.

네게 붉은 옷을 가마에 실어 보내고 싶구나. 혼방은 지존천실의 작은 방에 꾸려서, 흑웅혈마와 색목도왕 그리고 몇몇의 교도만 불러 조촐한 혼례를 치르자. 네 생각은 어떠냐?

그 말이 목구멍 언저리까지 올라왔다가 꽉 막혔다.

나는 써 보이지 않는 미소를 띠며 자리에서 일어났다. 설아가 인사했다.

"다녀오세요."

다녀오리다.

간절히 바라건대, 오늘도 무사하길.

*　　　*　　　*

사막에 노을이 내려앉을 무렵.

사휘는 남겨둔 그 자리에서 나를 기다리고 있었다. 바람이 몰아쳐 이뤄진 모래 언덕 위였다.

자하라의 붉은 눈 악마가 가져온 공포를 아직도 떨쳐내지 못한 것일까,

사휘의 상태는 모든 감각들이 방향을 잃은, 공황(恐惶)에 가까웠다.

흑천마검으로 찢고 나온 공간의 틈이 빠르게 아물어지는 것까지 확인한 이후, 사휘에게 성큼성큼 다가갔다. 사휘는 내가 제 옆으로 똑같이 모래를 깔고 앉은 후에야, 벌떡 일어났다.

눈짓으로 사휘를 다시 앉혔다.

사휘가 보관 중인 백운신검의 파편들을 수거하기 위해 왔지만, 지금은 그보다도 사휘의 상태가 더 신경 쓰였다.

"무슨 생각을 하고 있었느냐."

놀라게 하려는 의도는 아니었는데, 내 음성이 흘러나오는 순간 사휘의 정말로 소스라치게 놀라는 모습을 보였다.

처음 나는 사휘가 붉은 눈 악마를 계속 생각하고 있는 중이라 생각했었다.

인외(人外)의 존재를 마주하고 나면, 우리네들이 참으로 작게만 느껴지는 법. 어이없고 허무하다가도 그 범접할 수 없는 힘에 또다시 두려움에 떨고 마는 법.

확실히 그랬다.

그런데 사휘의 손발이 보란 듯이 떨리기 시작한 것은, 나를 보고 난 직후부터였다.

— 이 핏덩이, 완전히 겁에 질렸구나. 똥오줌도 지리겠어. 크크크. 대체 이 핏덩이를 얼마나 괴롭힌 것이냐. 무서운 애송이놈.

흑천마검이 빈정댔다.

— 꽤 맛이 갔어.

천년금박으로 급히 떠나느라 사휘에게 신경을 쓰지 못했구나.

"휘야. 본교의 교주이자 네 스승인 이 내가 그리도 두렵느냐?"

사휘는 속내를 들켜버린 것이 더 무서워졌는지, 침을 꼴깍 삼켜 넘겼다.

"아…… 아니옵니다."

말뜻과는 다르게 저릿한 목소리로 대답했다.

경외(敬畏)에서 공경이 빠진, 두려움만 남은 상태였다.

내가 자하라의 붉은 눈 악마를 굴종시키는 과정을, 사휘는 제 나름대로 받아들이고 만 것 같았다.

가만히 내버려 두어도 차차 나아지겠지만, 나는 그렇게 매정한 스승이고 싶지 않았다. 그리고 마침 사휘에게 들려주고 떠날 이야기도, 지금의 연장선이기도 했다.

사휘는 나를 똑바로 쳐다보지 못하고 있었다. 시선을 바닥에 고정시킨 상태로, 떨리는 몸을 짓누르려 애쓰고 있었다.

"두려워하지 말고, 그러려는 마음으로 더 멀리 보도록 하거라."

그렇게 말하며 사휘를 중심으로 삼아 기운을 흘려보냈다.

당연히 사휘는 크게 놀라서 나를 쳐다보았다.

하지만 그 기운이 십양을 넘어 십일양 그리고 십이양에 도달했을 때, 사휘의 얼굴이 새파랗게 질렸다. 핏기가 사라졌다. 금방이라도 목숨을 구걸할 듯이 겁에 질렸다.

그런데 나는 거기서 그치지 않고 계속 기운을 내보냈다.

그 기운이 종국에는, 이 자연체(自然體)를 한 번 더 구성할 수 있는 정도의 양까지 치달았다.

명령을 내리기만 하면 이 세계는 파국에 직면하고 마는 것이다.

사휘는 언제고 파멸(破滅)로 돌변할 수 있는 거대 기운의 중심에 갇혀 있게 되었다. 사휘의 두 동공은 움직임을 멈췄고, 온몸도 완전히 굳어서 뻣뻣해졌다.

그쯤에서 끝냈다.

사아악.

사휘를 중심으로 형성되었던 기운들이 원래 자리하지 않았던 것처럼 갑자기 사라졌다.

그때 사휘의 몸도 힘없이 넘어갔다. 멍하니 떠져 있는 두 눈은 시선 그대로 하늘을 향해 있는 채로 깜박깜박거렸다.

이제야말로 사휘는, 내가 드래곤에게 받았던 감정을 제대로 이해할 수 있을 것이다. 제멋대로 해석하는 것이 아닌.

"그건…… 무엇……이었습니까……. 저는…… 저는……."

사휘가 정신을 차린 후에 처음 한 말이었다.

"일어날 것 없다. 정신을 없을 터이니, 그대로 내 얘기를 들거라."

나는 사휘를 모래 바닥에 다시 눕히며 말했다.

광활한 우주를 보여준 바 있지만, 그 힘을 직접 체감하는 것은 또 다른 이야기다.

"휘야. 너는 본교의 유일한 후인(後人). 만일 내가 어느 날 갑자기 사라진다면 교좌에 마땅히 오를 이는 너밖에 없음이다."

계속 말했다.

"만일 내가 어느 날 갑자기 사라져 나타나지 않는다 하여도, 두 호법대왕이 너를 잘 보필할 것이니 그 일은 걱정하지 않는다. 다만 나는 후인이 내 전철을 밟을까 항상 두렵구나. 나는 많은 과오를 범했고, 수많은 사람의 목숨을 앗아간 사람이다."

사휘의 어깨에 손을 올렸다.

"하니 너만은 그리하면 아니 된다. 만물을 포용하는 공간. 그 무한한 우주를 네게 보여준 이유나, 지금 내 본연의 힘으로 네게 들려주려는 가르침이 무엇인지 항상 궁리하고 또 궁리하거라. 그리고 거기서 얻은 깨달음이 교국을 다스리는데 닿게끔 최선을 다 해야 한다. 알겠느냐? 대답하거라."

"예……."

"이 세상에 존재하는 인외(人外)의 것들은 생각지 말거라. 내 전부 치울 것이니."

"위대하신 혈마께 대적할 수 있는……. 존재가 있사옵니까?"

그런 게 있을 리가, 사휘의 동공이 그런 식으로 흔들렸다.

나는 픽 웃었다.

있다면 오로지 하나.

모래시계뿐.

"네 녀석에게는 내 힘이 절대적으로 느껴지겠지만, 나 역시 우주 아래에서는 한없이 작은 존재에 불과하느니라."

사휘는 도무지 믿을 수 없다는, 혼란스러운 표정이었다.

"허나 이 세상에는 나 이상으로 가는 존재가 없겠구나. 그래도 인외의 것들이 끼칠 수 있는 파급력이 대단하니, 가만히 내버려 둬서는 화(禍)가 되고 말 터. 본좌의 대(代)에서 종지부를 찍어야 할 일이다."

물론 사휘로서는 쉽사리 이해될 일도 아니었고, 이해해야 하는 일이 일어나서도 안 될 일이었다.

"너는 지금 이 길로 상단으로 돌아가거라. 내 하루에 한 번씩 상단을 찾을 것이나, 너는 내 말했던 바들을 계속 궁리하되 서역의 문물을 눈에 담아 견문을 넓히도록 하거라."

"옛."

마지막으로 사휘에게서 백운신검의 파편이든 함을 수거했다.

*     *     *

정리해야 할 화근이 여럿 있지만, 가장 우선순위를 뽑자면 우적과 라쿠아를 들 수 있다.

우적은 서역 너머의 서방.

즉, 대진국의 땅에서 찾을 수 있을 거라 생각한다. 그런데 문제는 라쿠아다. 나는 지금 라쿠아를 마지막에 보았던 조그마한 토굴 안에 들어와 있었다.

"잘 됐구나. 그 요망한 계집은 마지막을 위해 남겨둘 수 있겠어."

흑천마검의 목소리가 텅 빈 토굴 안에서 웅웅 울렸다.

녀석답지 않은 말이긴 했지만, 한편으로는 납득이 됐다.

라쿠아는 인과율을 읽고, 거기에 끼어들 수 있는 기이한 능력을 지녔다. 아무래도 그녀와 정면으로 부딪치는 건 껄끄러울 수밖에 없다.

그리고 무엇보다도 라쿠아의 저의를 확인하지 못한 상황이기도 했다. 정말로 내게 복수심을 가지고 있는 것인지, 아니면 단순히 인과율의 정해진 흐름에 따라 행동하고자 하는 것인지를.

"찾고자 한다면 찾을 수 있는가?"

"그럼 없을까?"

흑천마검이 짜증 내며 대꾸했다.

"없군."

단번에 알 수 있었다.

지난번에 흑천마검이 라쿠아를 찾아낼 수 있었던 이유는, 라쿠아가 구태여 피하지 않았기 때문이란 결론이 섰다.

"그깟 인간 계집은! 하면 애송이 네놈은?"

"나는 어디까지나 인간이지 않은가. 네 녀석은 존엄한 반신이고."

"네놈은 이제 인간이 아니라니까. 몇 번을 말하느냐. 이 몸께서 어쩌다가 네놈 말에 혹했는지는 몰라도, 처신 똑바로 해야 할 것이다. 애송아. 인간의 탈을 벗었다고 오만하지 말지어다. 그래도 네 녀석은 어쩔 수 없는 티끌의……"

"음. 라쿠아의 능력은 정말이지 종잡을 수 없단 말이지."

"설마 이 몸의 말씀을 무시하는 것은 아니겠지?"

"아무래도 우적 그놈부터 해결해야겠군. 대진국으로 가야겠다. 우적을 특정해서 가는 것도 불가능할 것 같은데, 그렇지 않은가?"

"큭."

"그렇다면. 이슬람 제국의 끝이 어디까지인지는 네 녀석도 알 테고, 그 너머가 좋겠군. 그 너머로는 어디든 상관없다. 대진국에서는 중원인이 그리 흔치 않으니 풍문이 남아 있을 터."

"애송아."

"라쿠아는 네 녀석 말대로 마지막에 확인하도록 하지. 하면 순서는 우적, 칼리프, 라쿠아 순이다. 동의하는가?"

"환장하겠구나. 애송아. 그깟 인간들 따위는 아무래도 좋……."

흑천마검의 목소리가 중간에서 끊겼다. 나는 검형(劍形)으로 바뀐 흑천마검을 쥐고, 정면으로 비스듬히 그었다.

찢어지는 공간의 틈 안으로, 유럽 대륙의 햇볕부터 밀려들어 오기 시작했다.

*　　*　　*

내가 태어났던 세상에서 중세 유럽의 정세는 봉건 국가들이 난립한 어지러운 상황이었지만, 여기는 크게 다르다.

대진국.

즉, 로마 제국이 동서(東西)로 분열되지 않았기 때문에 서로마 제국이 진작에 멸망했을 일도, 또 동로마 제국이 남아 있을 일도 없었다. 뿐만 아니라 지중해와 서유럽 일대를 장악한 것에 그친 것이 아니라, 달라진 시간의 흐름에 따라 동유럽의 상당 부분까지 영토를 확장한 상태이기도 했다.

하지만 나는 고향 세상의 중세 유럽과 여기의 큰 차이점을 통일 로마 제국의 잔존이라고 손꼽지 않는다.

고향 세상의 중세 유럽을 진정 지배했던 것은 어느 왕국 따위가 아니라, 하나의 종교였다.

기독교!

그러나 여기에서는 많은 마을과 도시들을 지나치면서도 그 종교의 상징을 눈을 씻고 찾아봐도, 조금도 찾을 수가 없었다.

마땅히 수도원과 성당이 있어야 할 자리를 대신하고 있는 것들은, 다양한 신전들과 전통적인 로마의 다신(多神)들을 조각해 놓은 석상들이었다.

예배 종소리가 들려야 할 시간이었다. 하지만 먼 아래의 마을은 그대로 조용하기만 했다.

혈마교가 세계를 지배하고, 한국 유학생 정이 청와대를 동아시아 총단으로 사용했던 평행 세계가 그랬듯이 여기에서도 마찬가지다.

여기에서 보면 고향 세상이 평행 세계라 할 수 있고, 고향에서 보면 여기가 평행 세계라 할 수 있겠지만, 아무래도 나는 기독교가 지배하지 않는 중세 유럽이 정말로 낯설 수밖에 없었다.

아마도 여기에서 로마 제국은 기독교를 국교(國敎)로 삼았던 적이 없었을 것이다.

문득 뇌리를 스치는 흥미로운 생각에, 나는 작은 눈웃

음을 지었다.

흑천마검이 놓치지 않고 물었다.

"뭐냐. 애송이. 그 기분 나쁜 표정은?"

"여기는 내가 태어났었던 세상과는 완전히 다른 역사가 진행 중이다. 당연한 일이지……."

대답해 줬지만,

"고작. 그런 생각이었느냐."

흑천마검은 관심이 사라졌다는 듯이 따분한 얼굴로 바뀌었다.

애초에 콘스탄티누스가 태어나지 않았을 수도 있겠지만, 꼭 콘스탄티누스가 아니더라도 고향 세상에의 로마 제국 말기는 어떤 황제라도 기독교를 국교로 삼을 수밖에 없는 시국이었다.

"고작이라니. 너희들로 비롯된 일인 것 같은데."

내가 말했다.

"너희?"

"네 녀석과 백운을 말하는 것이다."

그래도 흑천마검은 판이하게 달라진 인간들의 역사 따위는 별 관심 없었고, 여기에 남겨진 내 일이 빠르게 정리되어서 드래곤 사냥터로 떠날 생각만을 하고 있는 것 같았다.

나는 달라진 유럽 대륙의 실상을 조금 더 가까이서 확인하고 싶어졌다.

마침 저 아래 지상으로, 오솔길을 빠져나오는 외딴 길 끝에 조그마한 신전 하나가 보였다.

긴 수염을 단 위엄찬 남성. 그 제우스를 조각한 흉상은 반가운 마음이 들 정도로, 기억 어딘가에 담겨져 있는 그 모습 그대로였다.

"여기에서는 이자가 주신(主神)일 것이다."

그제야 흑천마검의 작은 동공이 흉상을 위아래로 빠르게 훑어 내렸다. 곧 녀석의 입가에 어쩔 수 없는 비웃음이 걸렸다.

"손에 쥐고 있는 건?"

녀석이 물었고.

"번개."

내가 대답했다.

순식간에 제우스는 흑천마검 앞에서 조소의 대상이 되고 말았다. 그렇지만 다른 누구도 아닌 흑천마검 녀석만큼은 샤머니즘에서 벗어나지 못한, 번개를 무기로 쓰는 가상의 신을 비웃을 자격이 충분했다.

"기억하고 있을지도 모르겠군."

뭘?

녀석이 그런 눈초리로 나를 쳐다봤다.

"존마교가 본교와 정마교로 갈라지기 전의 날들을 말이다. 존마교 말기에 두 명의 장(長)이 있었을 때가 있었지."

2대 존마교주가 제 안에 잠들어있던 간악한 망령을 혼과 백으로 나누고, 또 다른 '나' 둘을 데려왔던 당시를 말했다.

그 둘이 무엇을 했는지 전해 내려오는 바는 많지 않다. 하나 확실한 것은, 그 둘은 고향 세상에서 훈족을 통일했던 아틸라를 가만히 내버려 두지 않았다는 것이다.

여기에서는 훈족이 통일되지 않았고, 그래서 훈족이 유럽 대륙으로 진출할 일도 없었다.

그 사건이야말로 로마 제국이 지금껏 건재할 수 있었던 수많은 이유 중에 가장 큰 비중을 차지할 것이다.

그리고 시간을 거꾸로 거슬러 올라가다 보면, 그 시작에 흑천마검과 백운신검이란 존재가 있는 것이다.

나비의 날갯짓은 그때 시작됐다.

만일 흑천마검과 백운신검이 이 세상에 개입하지 않았다면?

이 자리에 세워져 있을 것은 제우스 흉상이 아니라 당연히 십자가였을 것이다.

마을마다 비록 작지만 구색을 맞춘 신전이 하나씩은 전부 있었다. 신전의 규모로 말미암아, 그 지역 일대의 발달도를 측정할 수 있을 만큼 말이다.

고(古) 로마 사회에 사제 계급이 따로 없던 것도, 흘러온 시간만큼 변화가 있었다.

지상으로 내려선 김에 신전을 향해 발걸음을 옮겼다.

사제라면 그래도 지식인층이겠다 싶은 마음에서였다.

신전은 크게 봐줘야 30평을 넓지 않은 규모였고, 당장 안에 있는 인원은 다섯을 넘지 못했다. 그중에서도 넷은 신전을 방문 중인 인근 마을의 일가족이었다.

품이 아주 헐렁헐렁해서 고리 단추와 허리띠로 옷을 여민 남자가 이 작은 신전의 사제로, 일가족 넷을 상대하고 있는 중이었다.

일가족 중에서도 중년의 가장이 사제와 직접적으로 이야기를 나누고 있었는데, 그 내용인 즉 병든 노모를 봉양하는 일에 관해서였다.

그들이 쓰는 언어는 그리스어였다.

지금까지도 그리스어가 그들의 국제어로 통용되고 있을 수도 있겠지만, 비 지식인층인 남자가 그리스어를 사용하고 있다는 것은 이 지역이 지중해 서부 연안 일대라는 사실을 들려주는 셈이다.

곧 사제와 일가족의 면대가 끝냈다.

나는 지금 일반적인 사람들이 인식(認識)할 수 없는 상태라서, 일가족 넷은 나오는 방향 그대로 나를 스쳐 지나갔다.

그때 사제는 그네들이 두고 간 올리브가 든 바구니를 집어 들고 있었다.

나는 인식할 수 없는 상태에서 벗어나며 약간의 기풍(氣風)을 그쪽으로 보냈다. 사제의 치렁한 머리칼과 품이 큰 의복이 바람에 흔들린다. 비로소 사제가 나를 발견했다.

사제의 눈이 동그래졌다.

나는 그에게 갑작스런 이방인이었으며, 단순한 이방인이 아닌 멀고 먼 동방의 나라에서 온 것이 분명한 외국인이었다.

"누…… 누구!"

사제의 긴장하는 모습이 역력했다.

흑천마검은 하찮은 인간 따위를 배려해 목걸이 같은 것으로 보일 마음이 조금도 없었던 것 같다. 이제 나는 외국인인데다가, 섬뜩한 칼을 들고 있는 침입자가 되었다.

사제가 뒷문으로 부리나케 도망치려는 게 보였다. 그는 어김없이 그랬고, 확 열어젖히려는 문 앞에는 어느새 내가 있었다.

— 겁먹지 말거라. 그저 몇 가지만 묻고, 조용히 떠날 것이니.

나는 엉덩방아를 찧은 사제를 내려다보며 의념을 밀어 넣었다.

중원에서처럼 여기에서도 의념이란 개념이 존재하지 않는 것일까. 아니면 놀란 마음 때문일까. 확장된 사제의 동공이 어둠 속에 몸을 움츠린 고양이의 것과 꼭 닮아졌다.

나는 사제를 안심시킬 의도로, 예배석으로 자리를 옮겼다.

사제의 겁먹은 시선도 자연히 내 움직임을 따라 좇아왔다.

— 여긴 어디인가?

"최고 최선의 유피테르(Jupiter)께서…… 머무시는 곳이요."

영어식으로는 주피터. 그리스식으로는 제우스. 그리고 로마식으로는 유피테르.

사제는 그리스어를 쓰면서도, 그들의 주신 이름을 부를 때는 로마식에 따랐다.

거기에 딸려오는 사실을 하나 알 수 있는데.

그들의 다신교적이며 지역색이 뚜렷한 종교가 지금에 이르러서는, 중앙에서부터 획일된 체계를 다잡았다는 것이다.

기독교가 로마 제국 말기부터 중세까지 끼친 영향은 실로 지대(至大)하다. 중세 유럽 역사 전부는 그 안에서 설명이 가능하며, 심지어 중세 유럽 철학관까지도 종교 철학에서 시작하여 종교 철학으로 끝이 난다. 그랬던 기독교가 대세에서 밀려났다. 정처 없이 떠도는 유대인들의 곁에서만 머물고 있을 뿐인가.

나는 겉도는 생각에서 벗어나, 다시 사제를 바라보았다.

여전히 침입자가 들고 있는 칼을 신경 쓰고 있는 그였다.

흑천마검을 예배석에 비스듬히 세워놓으며 전했다.

— 미안하군. 나는 이 땅의 이름을 물은 것이다. 달리 묻지. 여기서부터 아테네까지의 거리는 얼마나 되는 것인가?

"길을…… 잃은 것이오?"

고개를 저었다. 사제가 조금 생각하다가 천천히 입술을 뗐다.

"그런데 말이오. 당신의 생각을 저절로 알게 되는 지금은…… 어떻게 된 일이오? 정녕 내가 이상해진 것이오? 대체……."

의념을 모른다.

— 그대는 이슬람의 사제들과 교류가 없었군. 어렵게 생각지 말고, 동방의 문물로 여기면 될 것이다.

사제는 눈만 깜빡깜빡거렸다.

— 아테네는?

"육로로 500 마일이 약간 넘겠지만 해로를 이용한다면 보다 더……."

— 방향은?

"남서쪽이오."

즉, 여기는 아테네에서 북동쪽으로 500 마일쯤 떨어진 지중해 연안의 어느 작은 마을이다. 서쪽으로 이오니아해를 가로지르면, 로마에 닿기까지 그리 어려운 일이 아니다.

하지만 첫 대상으로 삼은 이는 현(現) 로마 황제가 아니었다. 그는 대검사 쪽에서도 우적의 행방을 찾을 수 없게 된 뒤다.

그런데 그쯤해서, 조심스러운 것은 여전하지만 나를 무조건 두려워하기만 하던 사제의 태도가 다소 달라졌다.

"도움이 필요하신 게 아니십니까? 메테오라에 계시는 우리 총독 각하께서는 용감한 여행자들을 환영하십니다. 하물며 동방의 높은 귀족 신분이시라면……."

— 신경 써 준 건 고맙지만, 난 몇 가지만 궁금할 뿐이지.

바로 다음으로 넘어갔다.

— 대검사(大劍士)는 어디에 있는 누구인가?

그때였다.

사제는 칼을 들고 있는 외국인 침입자를 발견한 처음 그때로 돌아갔다. 흠칫 놀라고 또 겁을 먹고만 사제의 두 눈이 내 눈빛과 부딪치기 무섭게 질끈 감겼다.

그리고 떠질 생각이 조금도 없는 채로 얼굴 전체가 부르르 떨리기 시작했다.

"그리 물으시는 이유가……."

악명이 높은 것인가.

아니면 로마 황제만큼이나 지극한 경외의 대상인 것인가.

*　　　*　　　*

그림과 흉상으로 재현한 조상들의 초상들로 채워진 복도를 지나고 나자 넓은 홀이 나왔다.

권력을 과시하고 또 찬미하기 위해 존재한 그곳에는, 벌써 나 외의 이방인들이 긴 걸상에 두런두런 앉아 대담을 나누고 있었다.

홀은 예상했던 것보다 사람들이 많았다. 이 대저택에서
예속된 노예들 외에도, 손님들이 데려온 노예들까지 한
공간 안에 있었기 때문이다.

저택의 손님들은 위풍이 넘쳤고, 그들의 노예들 또한
제 고명(高名)한 주인을 섬기기 마땅한 소양을 갖춘 이들
이었다.

보이지는 않지만, 이 홀을 지배하고 있는 엄격한 질서
가 느껴졌다. 얼핏 보면 자유로이 웃고 떠드는 것으로 보
인다. 그러나 조금만 가만히 들여다보면 신분의 고하(高
下)가 쉽게 판별이 난다.

여럿 손님들 중 가장 신분이 높은 이는 지금까지 본 이
쪽 사람들의 의복과는 판이하게 달랐다. 그 남자의 의복
은 품이 크지 않았고, 멋을 부르기 위한 가벼운 외투 같은
것도 걸치지 않았다. 하지만 옷을 여미고 있는 단추와 허
리띠의 세공은 정말이지 정밀하였다.

금발의 머리에 반 곱슬 그리고 젊은 치였다.

모두가 그의 표정을 따라하고 있었다. 그가 눈웃음을
지으면 덩달아 웃는 소리들이 바로 나왔다.

나를 발견한 그가 입술을 닫았다.

여러 저택 손님들의 시선이 일제히 내게로 쏠렸다. 먼
동방에서 온 외국인이 그들의 시선을 단숨에 사로잡은 것

이다.

"여기는⋯⋯."

사제는 우리를 여기까지 안내한 사내에게 난색을 표했
다.

"총독 각하께서 곧 공무를 마치실 겁니다."

사제가 대검사에 대해 알고 있는 것은 이름뿐, 그가 지
금 어디에서 무엇을 하고 있는지는 총독쯤 되는 높은 귀
족들에게만 들을 수 있는 사안이라고 하였다.

그게 우리가 여기에 온 이유였다.

"하지만 이분께서는 먼 동방교국(東邦敎國)에서 오
신⋯⋯."

그쯤에서 나는 사제에게 고개를 저어 보였다. 사제는 열
심이었지만, 그의 한계는 여기까지였다. 사실이 그랬다.

작은 마을에 배속된 일개 사제와 속주 전체를 통치하는
총독의 위상은 천지 차이니까.

그래도 흑천마검을 맡기지 않을 수 있던 것만 해도, 총
독부에서는 사제에게 지극한 존경을 표했다 할 수 있을
것이다.

나는 걸상에 비어 있는 자리 중 하나로 가서 앉았다. 당
연히 먼저 와 있던 여러 손님들은 내게서 눈을 떼지 못했
다.

"오오. 최고 최선의 유피테르께서, 오늘 우리에게 즐거운 만남을 주선해 주시는군."

좌중의 중심에 있었던 금발 곱슬이 내가 아닌 사제에게 말을 걸었다. 그러는 동시에 그의 호위로 보이는 검노(劍老)가 노예들 무리 안에서 슬그머니 빠져나오는 게 보였다.

내 손에 쥐어진 흑천마검을 의식한 것이다.

신전에서 유피테르의 하얀 천으로 둘둘 말은 상태였어도, 검노는 그 안에 든 것이 검이라는 걸 단번에 꿰뚫어 본 모양이다.

나는 금발 곱슬보다도 그의 노예에게 관심이 더 갔다. 여기는 후천진기를 수련한다. 그리고 그의 노예가 품고 있는 후천진기는 중원에서 십절로 불렸던 고수들과 대등할 정도였다.

그 잠깐 동안, 금발 곱슬은 제 노예에게 괜찮다는 식의 눈빛을 보냈다.

"귀한 손님을 우리에게 소개시켜 줄 수 있는가? 우리말을 할 줄 알면 좋겠지만."

금발 곱슬이 말했다.

좌중은 총 여섯 명.

제복 차림의 군인 한 명과 부유해 보이는 부부 한 쌍 그리고 명사(名士)일 노인 두 명과 금발 곱슬로 구성되어 있다.

그들이 내게 보내는 관심이야 당연한 것이었지만, 막상 나를 여기로 데리고 온 사제만큼은 이 상황이 불편할 수밖에 없었을 것이다.

사제가 쉽게 대답을 하지 못하자, 군인이 무뚝뚝하게 말했다.

"사제님. 경의를 갖추십시오. 노빌리시모스 네밀레스 전하이십니다."

사제는 크게 동요했다.

어쩌면 나를 마주했을 때보다 더한 반응이었다.

사제가 어리숙하게 허둥대면서 고개를 숙였다. 그래도 군인은 불만에 찼고, 부부는 깔깔 소리 내고 웃지 않을 뿐이지 사제를 광대 보듯 했으며, 두 노인은 그런 부부에게 눈총을 주었다.

보다 못한 노인 중 하나가 자리에서 일어났다.

"엑사르츠 라클레스 공이시고, 아밀라리오스 게네투스 공이시고, 프라에토르 밀리툼 공과 현숙한 정부(貞婦)시고, 크레타의 케팔레 그리고 나는······."

"테살로니키의 케팔레시지 않습니까."

사제는 그 노인을 알아봤다.

"나를 아는군요."

"교구가 테살로니키에 속해 있습니다. 몸소 보여주시는 자애로운 정치에, 우리 테살로니키 시민들은 항상 감사한 마음을 가지고 있습니다."

지금 사제가 보이고 있는 모습은 호랑이들에게 둘러싸인 고양이 꼴이었다.

처음 들을 수밖에 없는 관직과 칭호들이 다양하지만, 이들이 제국의 지배층에서도 높은 등급에 위치에 있는 이들이라는 것만큼은 보자마자 알고 있었다.

이 자리가 그런 것이다.

그리스 속주를 다스리는 총독의 정당한 손님들이 모인 자리.

좌중들 모두 총독과 동격(同格)인 자들이다.

"하면 소개를 청해도 되겠지요?"

그들의 시선이 다시 내게로 돌아섰다.

사제는 나에 대해서 설명했다.

동방의 먼 나라 교국이라는 곳에서 온 높은 귀족이라는 것만 알 뿐, 오늘 처음 만났다는 것도 빠트리지 않고 말했다.

높고 높으신 귀족 나리들 앞에서 거짓말을 하기에는, 어디까지나 그는 작은 마을의 사제에 불과했다.

사제의 설명을 다 들은 금발 곱슬이 턱을 쓰다듬으며 나를 골똘히 쳐다봤다. 좌중들 모두는 그의 판결을 기다리고 있는 중이었다.

　"동방 교국이 어디에 있는 곳인가? '연' 이라는 큰 나라는 아는데."

　금발 곱슬의 사제에게 물었고, 사제는 대답 대신 나를 쳐다봤다.

　— 연조는 멸망하였다. 본래 연조가 다스리던 땅과, 여기에는 동방의 붉은 사막이라 알려져 있는 땅을 다 같이 다스리는 새 나라가 바로 교국이다.

　금발 곱슬은 구리잔에 든 백포도주를 마시려다가, 갑자기 들어온 의념에 놀라 잔을 놓치고 말았다. 이쪽에 시종 일관 눈을 떼지 않고 있던 저택의 노예들이 황급히 뛰어온다.

　금발 곱슬이 옷에 튄 포도주를 툭툭 털면서 사제를 쳐다봤다.

　사제는 눈치가 나쁘지 않았다.

　"마음을 전할 수 있는 동방의 문물이라고 합니다."

　"호! 지금 여기에 계신 동방 귀족의 생각이 저절로 느껴졌네. 동방 귀족은 내게 그가 온 나라가 어떤 곳인지 들려주었지."

금발 곱슬과 사제 외에는 무슨 일이 일어난 지 몰라 어리둥절하고 있을 때, 금발 곱슬이 정말로 재미있는 일이 일어났다는 식으로 흥분된 투로 말했다.

"그렇습니까?"

"그거 참 신기한 일이군요."

나는 구태여 의념은 중원의 방식이 아니라 이슬람 제국의 방식이라고 정정해 주지는 않았다. 어차피 이슬람과 교류한 이가 있다면 알 수 있는 일이니 말이다.

"그러면 우리말을 다 알아들 수 있다는 말인데. 그렇지 않은가?"

금발 곱슬이 내게 물었다.

— 제국의 황태자인가?

"아니. 나는 황위(皇位)와는 아주 먼 사람이지. 하지만 혈족은 맞네. 실망했는가?"

"무슨 말씀을……. 위대한 혈족이라 하여도, 노빌리시모스의 칭호를 받으신 분은 몇 분되시지 않습니다."

군인은 금발 곱슬의 사람으로 봐도 무방할 것 같았다.

"나에 대해 궁금해 하는 만큼, 나 역시 궁금한 것이 있는데 물어도 괜찮겠나?"

내 신분에 대해 물을 줄 알았으나.

"동방의 나라에서는 황제가 죽으면 생사람을 함께 묻는

다지? 그게 충성의 표상이라고 말이야."

금발 곱슬의 질문은 멀리서 온 손님에게는 참으로 무례한 것이었다.

"어머! 전하. 정말인가요? 그런 야만적인 풍습은 프랑크 족에서도 듣질 못했어요."

부인이 맞장구쳤다.

나는 금발 곱슬이 처음부터 동방을 향한 적개심이 있는 것인지, 아니면 천성이 무례한 것인지, 그것도 아니면 나를 하찮은 신분으로 판단했는지는 조금도 관심이 없었다.

— 그대라면 알겠군.

황제의 혈족 중에서도 몇 받지 못했다는 칭호를 가진 인물이니.

— 대검사는 지금 어디에 있는가? 그를 만나기 위해 먼 길을 왔다. 그대라면 만남을 주선할 수 있는 위치에 있는 것 같군. 대가는 그대의 신분에 걸맞도록 충분히 지불하지.

지금까지의 반응을 보니, 우적에 대해서 물어보는 건 시간낭비에 불과했다.

금발 곱슬의 표정이 미묘해졌다.

그리고는 사제를 꾸짖는 듯이 사제에게 눈살을 구겨 보이는 것이었다.

"최고 최선의 유피테르를 섬기는 자네라면 신중했어야 할 일이 아닌가? 신분도 정확하지 않은 외국인을 무작정 총독부로 데리고 와서는 어쩌자는 것이냐. 교구가 테살로니키에 속한다 하였지?"

낮은 톤이었지만, 눈빛만큼은 실로 신랄했다.

테살로니키의 케팔레.

아마도 책임자인 노인도 사제와 덩달아서 금발 곱슬의 매서운 눈총을 받았다.

— 크크크…….

흑천마검의 웃음소리가 머릿속으로 끼어들었다.

— 개미들 사이에서 이 무슨 시간 낭비냐. 애송이. 이 몸이 대신 물어봐줄까?

— 어지간해서는 황족을 건드리고 싶진 않군. 솔직한 마음이다.

교국의 적은 이슬람 제국만으로도 충분히 벅차다. 여기에서 일으킬 나비의 날갯짓이, 또 중원으로는 어떤 파국으로 직면할지.

나는 그게 신경 쓰였다.

— 평행세계의 네놈은 전 세계를 통일했건만. 크크. 네놈 마음대로 하거라. 지금으로도 꽤 재미있으니까.

그 무렵, 공무를 끝낸 그리스의 총독이 홀로 나왔다. 총

독은 다른 이들처럼 나를 호기심 어린 시선으로 쳐다본
뒤, 곱슬 금발에게 먼저 예의를 갖추었다.

"프랑크 야만인들은 어찌하고, 이 먼 곳까지 무슨 일이
십니까."

콧수염이 근사한 총독은 곱슬 금발과 친근한 사이로 보
였다.

"옛 스승의 안부를 물으러 온 게, 그리 꾸중 들을 일인
가."

"꾸중이라니요. 무슨 그런 위엄한 말씀을 농담으로 하시
는지. 오 년이나 흘렀지만 조금도 달라지지 않으셨군요."

"오 년만이군."

"어떠셨습니까?"

"그대의 가르침이 맞았어. 프랑크 족 계집들의 엉덩이
는 정말로 야만적이더군."

"노빌리시모스!"

총독이 당황한 얼굴로 주변의 눈치를 살폈지만, 금발
곱슬 외에는 전부 고개를 숙이고 있는 중이었다. 사제도
마찬가지였다.

그때 총독과 눈이 마주쳤다.

"동방의 먼 나라에서 오신 손님이 기다리고 계시다 하
기에, 공무를 서둘러 마쳤소. 우리말을 할 줄 아시오?"

"아. 얼마나 신기한지. 그대도 깜짝 놀랄 것이네. 멀리서 온 이 외국인은 우리말을 할 줄 모르지만, 다른 방식으로 우리와 이야기를 나눌 수 있지. 이리 말하면 무슨 말인지 모르겠지. 어서 해보겠는가. 어서."

금발 곱슬이 재촉했다.

— 프랑크 족이라면 로마에서 먼 북방의 사람들을 말하는 것인가?

내가 물었다. 총독은 놀라면서도 신기해하고는 바로 대답했다.

"그렇소만."

— 맞군.

법국(法國), 색목도왕의 고향 나라다.

제4장

신 혹은 영물

"그런데 비단으로는 안 된다네."

금발 곱슬이 문득 말했다.

내가 돌아보자, 금발 곱슬은 위험한 악동 같은 장난스런 눈빛을 띄고 있었다.

그리스 총독은 금발 곱슬을 몹시 불안하게 쳐다봤다.

"내 신분에 걸맞은 충분한 대가를 지불하겠다고 하였지 않았는가. 노빌리시모스의 격에 맞는 대가라. 총독. 무엇이 내 격에 맞을까? 물질은 아닐 듯한데 말이야."

"제 손님입니다. 전하."

그리스 총독이 대답했다.

"참아주게. 오 년 만에 휴가를 얻자마자, 자네를 찾아온 나이지 않은가. 더욱이 멀리서 오신 손님께서는 꼭 자네를 찾으러 온 게 아니네. 대검사를 아는 자라면 누구라도 그를 손님으로 둘 수 있지. 그렇지 않은가?"

좌중들은 조용해졌다. 입가에 만연했던 웃음기도 사라졌다. 그것은 순간에 보인 금발 곱슬의 눈빛 때문이었다.

금발 곱슬은 정말로 오랫동안 찾아 헤맸던 보물을 찾은 순간처럼, 두 눈 바깥으로 희열을 번질거려 보였다.

그때 그리스 총독은 걱정이 잔뜩 실린 얼굴로 변해 있었다.

"당당한 자태를 보십시오. 손님은 동방에서도 높은 신분인 것 같습니다."

그리스 총독이 그렇게 금발 곱슬에게 말한 뒤, 어쩐지 내게 동의를 구하는 눈빛을 보냈다.

"거기에 대해선 나도 같은 생각이야. 틀림없는 동방의 큰 귀족이지. 못 배워먹은 노예들을 줄줄이 달고 다니지 않아도, 눈에 품고 있는 저 단호한 의지는 오로지 우리 같은 사람만이 가질 수 있는 것이지 않은가. 사자의 영혼을 말하는 것이네. 내게는 보이네. 이자는 동방에서의 높은 신분만큼이나 뛰어난 검사이기도 한 사내일세. 동방에서는 이름만 대면 누구나 아는 그런, 절세의 영웅."

"그대는 동방의 사절이오? 동행인은 어디에 있소?"

그리스 총독이 재빨리 물었다.

하지만 내가 대답할 틈 없이, 금발 곱슬의 말이 바로 이어졌다.

"눈썰미 없기는. 숭고한 의지가 느껴지지 않는가? 대검사와 승부를 겨루기 위해, 가진 모든 걸 포기하고 먼 여정에 오른 동방의 검사. 그게 바로 이 사내지. 아름답고 훌륭한 것에 어찌 찬미하지 않을 수 있겠는가."

금발 곱슬이 계속 말했다.

"그대의 미덕을 기리기 위해서, 내 마침 생각난 것이 있네! 그대도 만족할 것 같군."

금발 곱슬이 손가락을 까닥였다. 그의 검노가 노예들의 무리에서 빠져나왔다.

검노는 신분이 노예일 뿐이지, 이들 왕자와 장군 그리고 번왕(藩王)의 다른 노예들과 마찬가지로, 외관상으로 그 신분을 알 수 있는 장치는 아무것도 없었다.

오히려 좋은 옷에 훌륭한 장신구들이 눈에 띈다. 검노의 허리띠에 매여져 있는 검집도 그렇다. 그리고 거기에 담겨져 있을 검도 틀림없이 명검이겠지.

"소개가 너무 늦었군. 하지만 이쯤해서 이 가벼운 입을 다물도록 하지. 그대들의 재미를 빼앗고 싶은 마음이 없으니까.”

금발 곱슬이 고개를 까닥였다.

좌중들의 시선이 검노에게로 쏠렸다.

“노빌리시모스의 하찮은 종, 아민이외다.”

신분답지 않게 당당하기 짝이 없다.

하지만 좌중들 누구도 그의 태도를 지적하지 않았다. 도리어 그가 이름을 밝히는 순간, 금발 곱슬 때문에 경직되어 있던 그들의 얼굴에 생기가 깃들었다.

“오!”

부부 한 쌍은 동시에 감탄사를 뿜었다.

“플루토(Pluto: 죽음의 신)의 아들을 전하께서 거두셨습니까? 그는…….”

그리스 총독도 놀라운 기색을 감추지 못했다. 말을 더 잇기에는 무릎을 쭈그리고 앉은 검노가 금발 곱슬의 발등에 입술을 맞추는 것이 또 그리도 경악스러운 일이었던 모양이다.

“아민은 콘스탄티노플로 가는 길이라네. 내 이름과 함께 말이야. 거기에서 제국의 영광스런 군기(軍旗)가 아민과 노예병들에게 수여되는 것이야, 꼬장꼬장한 공의회와도 말이 다 끝났지.”

“감축드립니다. 전하. 힘든 일을 해내신 만큼, 틀림없이 전하의 이름은 제국의 군인들 사이에서 더욱 유명해지실 것입니다. 아민은 전하의 은덕을 잊지 말고, 이슬람 술탄들의 목을 꼭 베어다 바치거라."

"그렇지 않아도 살라딘 나샤마의 목이, 자유의 대가라네."

금발 곱슬이 기분 좋은 목소리로 말했다. 이제 금발 곱슬의 관심은 다시 내게로 돌아왔다.

"이슬람 제국을 가로질러 왔을 텐데?"

나는 고개를 한번 끄덕였다.

"하면 그곳의 검사들과도 겨룬 적이 있었을 테고? 그들은 어땠는가? 아니야. 내게 들려줄 필요가 없다. 아민을 위한 것이니까. 대검사와 만남은 주선해 주지. 하나 부탁이 있다면 아민에게 그대가 이슬람을 가로질러 오며 닦은 검술을 보여줬으면 하는군. 아민에게 뿐만 아니라, 그대에게도 큰 경험이 될 거네. 물론 아민을 이기지 못하면 대검사를 찾아갈 이유도 없어지겠지만."

금발 곱슬은 내 대답을 듣지도 않은 채, 총독에게 말했다.

"검투장에서 하고 싶네만. 모든 시민들이 보는 앞에서."

하지만 그리스 총독은 무척이나 불편해하고 있는 중이었다.

"전하. 저를 찾아오신 연유가……."

결국 그리스 총독의 표정이 무너졌다.

"공의회의 늙은이들이 워낙에 꼬장꼬장해야지. 그대도 알지 않은가."

"노빌리시모스!"

"노빌리시모스. 날 묶어 둔 수갑의 이름이지. 그대는 그 늙은이들이 내게 허울뿐인 칭호만 던져 주고 북방으로 보내버리는 것을 막지 못했지. 아아. 그걸 탓하러 온 게 아니야. 보다시피 그대의 도움을 구걸하러 왔지."

대화의 흐름이 확 달라졌다.

그리스 총독은 좌중들을 쳐다보고, 좌중들은 그리스 총독의 시선을 회피했다.

그제야 나는 이 자리가 그리스 총독을 압박하기 위해 만들어진 자리라는 것을 깨달았다.

"나는 군대가 필요하네. 나약한 병사가 아니라, 그리스의 정예병들이 말이야. 도와주게. 날 도와줄 사람은 그대밖에 없어."

"그러니까 검투가 끝난 후에 모병을 하시겠다는 말씀이지요?"

"최고 최선의 유피테르께서 나를 도우시는 모양이야. 먼 동방에서 온 제일 검사와 플로토의 아들과의 대결이라.

그만한 흥행이 있을까."

금발 곱슬은 내가 검투를 나서게 만들 자신이 충만한 지, 내 앞에서 조금도 숨기지 않으며 솔직히 말했다. 오히려 날 보며 눈웃음을 짓기도 한다.

"공의회와는 어디까지 말이 되셨습니까?"

"그 늙은이들은 내게 명분을 준지도 모르고, 내가 안겨준 계집들의 엉덩이 냄새에만 취해 있겠지. 하지만 곧 나는 콘스탄티노플을 되찾고, 중앙 정계로 복귀할 것이다. 그대만 날 도와준다면."

그러니까 황위에 도전하는 어느 황자의 이야기였다.

하지만 장단을 맞춰주기에는 너무도 케케묵은 이야기지 않은가.

그 이야기보다는 조금 언급된 이슬람 제국과의 전쟁이 더욱 흥미가 간다.

그때 금발 곱슬의 검노가 내게 향하는 도전적인 시선이 느껴졌다.

나는 그를 쳐다보았다. 아주 약간의 기운만 그에게 쏠려 보냈을 뿐인데, 숨을 쉬지 못하게 된 그의 얼굴이 새하얗게 질려갔다.

— 너라면 들은 게 있을지도 모르겠군. 대검사는 어디에 있느냐?

제 목숨이 경각을 다투고 있다는 것쯤은 알고 있는 녀석이었다.

녀석이 안간힘을 다해 목소리를 쥐어짜 내려는 게 보였다. 숨통을 약간 트여주자, 그제야 소리가 나온다.

"그……그라나다……."

금발 곱슬의 고개가 제 검노에게 돌아가려는 찰나, 금발 곱슬뿐만 아니라 모두의 동작이 멈췄다.

\*　　　\*　　　\*

검노의 경지 정도면 극한의 시간대를 견뎌낼 만했다. 나는 검노의 허리를 안고서, 도시에서 빠져나왔다.

극한의 시간대를 만들었던 날 선 감각을 풀어낸 건, 동쪽으로 바다가 펼쳐진 해안에서였다. 비로소 거품 물고 있던 파도가 움직이기 시작했다.

또한 녀석도 배와 머리 둘 중에서 어디를 움켜줘야 할지 몰라 하고 있다가, 구역질을 시작했다.

녀석은 한참을 그렇게 위장에 든 전부를 게워냈다.

드디어 녀석은 정신을 차릴 만했기 때문인지, 곧장 이빨을 드러냈다. 즉, 검집에서 빼 든 검에 검은빛의 기운이 스며드는 것이다.

그러나 나는 이 대륙에서 후천진기가 그들 나름대로 어떤 발전을 하고 그것을 어떻게 발현하고 있는지는, 별 흥미가 들지 않았다. 그 마음은 득달같이 달려드는 녀석을 대하는 것에도 동일했다.

나는 피하지 않았고, 그래서 녀석은 나를 관통한 그대로 뒤로 쑥 지나갔다.

"으읍!"

녀석은 당혹스러웠겠지만, 지금껏 해 온 수련과 많은 경험이 있었다.

방향을 바로 역전시켜 내게 쇄도해 들어왔다. 검은빛을 물씬 머금은 검이 나를 정수리에서부터 사타구니까지, 일격에 이등분시킬 것처럼 떨어져 내렸다. 그러나 마찬가지다.

내가 고개를 저어 보였어도, 녀석의 공격은 계속 이어졌다.

그때마다 녀석의 검은 나를 베고 지나갔다. 하지만 역설적으로 녀석이 벤 것은 아무것도 없었다. 아니, 하나 있구나. 내가 걸치고 있던 물질(物質)만큼만은 칼질대로 베어졌다.

녀석은 이를 악물었다.

그러나 부르르 떨리기 시작한 검 끝이며, 내가 한발자국 다가가면 바로 뒤로 튀어버리는 것이 겁을 잔뜩 먹었다.

하지만 마지막 용기를 낸 것인지 다시 몸을 던져 왔다. 이번에는 녀석이 벨 수 있는 것이 남아 있지 않았다. 나는 이미 나신의 상태였고, 주변에는 벌써 떨어져 나간 천 조각들이 많았다.

쉬익.

녀석은 검을 휘둘러온 그대로 나를 관통하고 지나갔다.

나는 잠깐 극한의 시간대에 돌입해서, 녀석의 옷으로 갈아입었다. 사이즈가 맞지 않아도 나신을 가리기에는 충분했다. 녀석으로서는 갑자기 내가 제 옷을 입고 있고, 본인은 나신이 되고 만 것이었다.

우스꽝스러운 상황일 수도 있겠지만, 녀석이 받아들이는 건 또 달랐다.

녀석은 완전히 겁에 질렸다.

딱딱 부딪치기 시작한 녀석의 이빨 소리가 파도가 바위에 부서져는 소리보다 더 크게 들린다.

"더, 더는 모르오! 내, 내가 아는 건 거기까지 뿐이오. 정말이오! 정말이오!"

녀석이 간절하게 소리쳤다.

내가 녀석을 데려온 건 대검사 때문이 아니다. 대검사에 대해서는 어디에 있는지만 알면 되는 일이었고, 이제 알았다.

— 콘스탄티노플로 간다고?

"그, 그렇소."

— 그 실력으로 이슬람 제국과 싸울 수 있을 것 같으냐? 살라딘의 목을 노린다니. 지나가던 개가 웃을 일이로구나.

"무슨 말을 하려는 거요?"

녀석은 뒷걸음질 치며 도망칠 기회만 살피고 있었다. 그러던 그때, 녀석이 딱 멈춰 섰다. 내 의념이 전해진 때였다.

— 네게 힘을 주마. 그들과 대등하게 싸울 수 있는 힘을…….


금발 곱슬이 처음부터 그런 계획은 아니었을 것이다. 하지만 그가 멀리서 온 외국인을 보고 나서 새로운 계획이 생각났을 것처럼, 나 또한 검노가 이슬람과의 전쟁터로 향하고 있는 중이라는 소리를 들었을 때도 그랬다.

정마교가 방패 역할로써 잔존하고 있다지만, 이슬람 제국의 전력을 감당하기는 심히 어렵다.

하지만 콘스탄티노플을 중심으로 펼쳐지는 이슬람과 로마의 국지전(局地戰) 양상이 조금 더 복잡하게 전개된다면, 이슬람 제국으로서는 잠재적인 적보다도 당장 칼을 맞대고 있는 로마 쪽에 더욱 집중할 수밖에 없을 것이다.

"힘……."

겁에 질려 있던 검노 아민의 눈에 욕망이 피어오르는 순간이었다.

나는 속으로 혀를 차며 전했다.

— 지금 너는 살라딘 나샤마의 옷자락도 건드릴 수 없다. 왜, 아닌 것 같으냐? 믿어야 할 것이다. 나는 그들을 알고, 또 너를 알고 있으니.

"……."

— 나샤마의 나이를 아느냐?

"모르오."

— 나샤마와 네 녀석 사이에는 기백 년의 간극이 있다.

백 년의 차이.

그게 무엇을 뜻하는지, 검노 아민은 잘 알고 있었다. 그래서 녀석의 동공이 흔들리기 시작하는 것이고.

— 하면 나샤마의 힘을 아느냐?

"모……르오."

아민은 힘들게 대답했다. 얼굴도 점점 붉어지고 있었다.

— 할라로 이끌어낸 육체적인 힘만으로도 네 녀석 따위는 한 번에 수십 명이라도 거뜬히 상대할 수 있지. 한데 나샤마의 진정한 공능은 '저주술'이다. 네 녀석이 나샤마에게 귀찮아질 정도가 되면, 네 녀석은 어떻게 되는지도 모른

채 목숨을 잃고 말 것이다. 그런데 네 녀석에게 기적이 따라, 나샤마의 육체적인 능력과 영적인 능력을 모두 감당할 수 있다 하여도. 네 녀석은 나샤마를 결코 대적할 수 없다.

아민은 내가 보여 주었던 절대적인 힘 때문에, 내 말을 의심하지 않고 있었다. 녀석은 마른 입술을 악 다문 채 귀를 기울였다.

— 살라딘들에게는 그들이 섬기는 '마신'이 있지. 그것들은 인외(人外)의 존재로써, 살라딘들과 공생하고 있다. 그것들을 상대할 수 있는 존재는 마찬가지로 인외의 존재뿐. 네 녀석은 꿈도 꿀 수 없다.

"하면 당신이 제게 줄 힘이란 것은?"

— 이미 반쯤은 충분히 주었다 생각하는데? 지금까지 들려준 이야기들은, 네 녀석이 나샤마에게 죽임을 당하는 순간에나 알 수 있을 법한 이야기들이 아닌가?

"당신이…… 내게…… 준 건 정보가 아니라 무력감……입니다."

녀석의 어투가 부쩍 달라졌다.

— 아니. 살라딘 나샤마와 네 녀석의 수준 차이를 사실대로 알려준 것뿐. 그걸 경각심이 아니라 무력감으로 받아들인 네 녀석의 잘못이다.

"그렇습니까?"

— 실망하기에는 너무 이른 것 같구나. 남은 이야기들이 궁금하지 않느냐? 그것을 어떻게 이용하느냐에 따라, 나샤마를 진정 대적할 수 있는 힘이 될 것인데.

"들려주십시오. 그건 약점입니까? 살라딘 나샤마에게도 약점이 있습니까?"

— 약점은 누구에게나 있지.

나샤마 같은 경우에는 그녀의 출신 성분이다.

나샤마와 자하라는 본래 콥트인으로, 콥트인이란 기독교를 신앙하는 고대 이집트의 자손들을 일컫는 말이다. 그런데 이슬람 사회에서는 콥트인을 절대 용납하지 않는다.

그것은 나샤마와 자하라가 지고한 살라딘의 위치에 있다 하여도 변함이 없을 것이다. 그네들이 오랫동안 감춰왔던 진짜 출신 성분이 낱낱이 드러나는 순간이 오면, 그녀들의 선택지는 두 가지밖에 남지 않는다.

무슬림의 영역 밖으로 도망칠 것인지, 혹은 안에 남아 외로운 싸움을 죽을 때까지 계속할 것인지.

"콥트인……입니까?"

검노 아민도 콥트인을 알고 있었다. 그리고 콥트인에 대한 대우는 로마 제국 사회 안에서도 이슬람과 별반 다르지 않았던 모양이었다.

아민의 눈 속에서 날이 잘 선 비수 하나가 번뜩이는 게 보였다.

— 만일 너희들의 전쟁을 지속함에 있어, 이슬람 내부의 도움이 필요하다면 살라딘 슐레이만과 접촉하는 것도 생각해 봐야 할 것이다. 중앙을 향한 그의 충성심은 너무도 얇으니.

그때 아민이 발가벗은 몸으로 넙죽 엎드렸다. 내 발등에 입을 맞추고는, 심정 복잡한 눈으로 나를 올려다보며 물었다.

"왜 저입니까. 들려주신 말씀은 저보다는 노빌리시모스께……."

— 너는 네 주인과 거래를 다시 해야 할 것이다. 나샤마의 목을 바칠 수는 없어도, 그녀의 세력을 와해시킬 수는 있을 것이니 말이다. 네 주인에게 네 말을 믿게끔 만들 수만 있다면 말이지.

"당신은…… 당신은 정녕…… 최고 최선의 유피테르이십니까?"

흑천마검이 낄낄대는 소리가 다 들리는 것 같았다.

— 자유를 쟁취하길.

\*　　　\*　　　\*

이베리아 반도의 어느 도시, 그라나다.

광활한 농장을 사방 어디에서나 찾을 수 있는 평화와 풍요가 깃든 도시.

온화한 기후에 구름이 띄엄띄엄 낀 파란 창공.

거기에 올리브나무와 포도나무 사이로 퍼져 들어오는 쾌적한 바람이, 도시의 첫인상을 만든다.

오랫동안 분쟁이 없었던 지역이라 생각됐다. 로마 일대를 지나쳐오며 코에 훅 끼쳐왔던 피냄새가 비로소 가시는 것 같았지만, 그것도 잠깐이었다.

뒷산에서 드리운 그림자 속에 파묻혀 있는 오래된 요새. 불빛 한 점 없어서 마치 버려진 것 같은 쓸쓸한 그곳.

거기에 그가 있었다.

로마 제국의 대검사는 나와 같았다. 그 또한 평생을 다하여도 지우지 못할 피냄새를 풍기는 사내였다. 그런 그가 넓은 요새에서 홀로 은둔하고 있는 이유는 둘 중에 하나일 수밖에 없었다.

자신의 과오를 참회하고 있거나, 더한 경지를 이룩하기 위해 폐관에 들었거나.

하지만 안타깝게도, 그는 후자 쪽으로 보였다.

잔주름이 자글자글한 그의 눈매에는 고집스런 성미가

고스란히 드러나 있었고, 그 시선은 석조 바닥에 꽂아 놓은 양손검에 집중되어 있었다.

그리고 넓고 큰 검신 전반에 걸쳐 일렁거리고 있는 푸른빛의 기운은 어쩐지 옥제황월이 품고 있었던 벽력공(霹靂功)과 꽤 비슷하게 느껴졌다.

즉, 뇌전(雷電)을 연상케 하는 기운으로 집약된 힘이 꽤나 거칠다. 금방이라도 폭발할 듯이 아슬아슬했다.

역시나 대검사가 신경질적으로 검을 뽑아버린 자리 주위로, 산발적인 퍼런 불꽃들이 춤을 추기 시작했다. 대검사는 허공에 검을 휘두르고는 다시 못마땅한 기색으로 바닥에 꽂아 넣었다.

묵직한 쿵 소리가 났다.

그리고 대검사는 다시 검을 노려보는 처음으로 돌아갔다.

아마도 그러길 여러 날 동안 반복해 온 것 같았다. 석조 바닥에 검이 찍힌 자리는 천서고에 자리했던 수많은 발자국만큼이나 많았다.

슬슬 모습을 드러낼 때였다.

나는 그가 이 무례한 방문에 적개심을 최대한 가지지 않도록, 성으로 들어가는 입구로 돌아가 약간의 기운을 흘려보냈다.

어김없이 날랜 인형(人形) 하나가 성곽을 훌쩍 뛰어넘으며 나타났다.

그가 이건 뭐지? 하는 식으로 황당한 눈빛을 띠었다. 그 반응으로 보건데, 우적은 아직 대검사에게 닿지 않은 것 같다.

내 쪽이 더 빨랐는지도…….

— 동방 교국에서 왔소.

우리 둘의 눈빛이 중간에서 부딪쳤다.

"동방 교국은 무슬림의 나라인가?"

그는 담담했다. 자연히 알게 된 내 생각, 의념에 대해 놀라지 않았다.

할라의 개념을 알고 있는 눈치였다. 그의 눈빛이 신중하게 빨리 바뀐 이유는, 내 힘을 헤아릴 수 없는 데에 있었을 것이다.

— 그대들에게는 '비단의 나라'라고 알려진 땅이오. 그곳에 연조가 패망하고 새 나라가 섰소.

"멀리서도 왔군. 그 차림은 시민의 것을 강탈한 것인가?"

— 아니오.

나는 그렇게 대답했다.

"멀리서 온 목적은 나와 겨루기 위해서겠군."

— 아니오.

그래도 그의 날 선 눈빛은 조금도 풀어지지 않았다.

"그러면 청탁인가?"

— 비슷하오. 찾고 있는 자가 있소. 우리나라의 큰 역적이오.

"그자를 찾아 달라는 것인가?"

— 그래 주면 성의를 표시할 것이나, 거절해도 상관없소. 어차피 그 역적은 그대를 향해 오고 있소.

"이 나를?"

— 역적은 이미 이슬람 제국의 살라딘 무트타르와 겨룬 바 있소. 살라딘 무트타르를 아시오?

"승부는 어찌 되었지?"

— 역적이 이겼소.

대검사는 만면 위로 흥미로운 감정이 스치고 지나갔다.

"먼 동방의 역적이 테헤란의 술탄보다 강했군."

대검사는 할라에 이어서 무트타르에 대해서도 알고 있었다.

"하면 그자가 이 내게 향하고 있는 이유는 숭고한 목적에 의해서겠군."

지금껏 신경질적이던 그의 눈매가 조금은 풀어지는 것 같았다.

"그자의 이름은 무엇인가?"

— 우적.

"처음 듣는군. 기억해 두지. 그리고 그자가 오면 그 목을 그대에게 건네주면 되는 것인가?"

— 맞소. 대가는?

"필요 없고, 고마워할 것도 없다. 나나 그대에게, 그자의 죽음보다 더 큰 즐거움은 존재하지 않을 것 같군. 그런데 하나 의문이 생기는군."

— 물어보시오.

"그대는 추살의 임무를 받았어. 한데 말이야. 그자가 역적이라 하나, 실력은 동방의 최고. 그대는 어째서 혼자인가?"

대검사의 시선이 흰 천에 돌돌 말아진 흑천마검으로 옮겨졌다.

"지금 나는 언제 올지도 모르는 먼 동방의 역적보다도, 그 역적을 추살하러 온 그대가 더 궁금해. 내가 응하지 않았더라도 그대는 그자의 목을 벨 자신이 있었던 것 같군."

그때였다.

대검사의 양날검이 요새 안에서부터 창공을 가로지르며 나타났다.

떨어지는 속도도 속도지만 뇌전의 힘이 담긴 푸른 불꽃을 사방으로 튀기는 것이, 진짜 뇌락이 떨어지는 것처럼 보였다.

벽력공과는 같지만 뭔가가 달랐다. 이제 알겠다. 저 힘은 보다 실체적(實體的)이다.


실제로 그의 눈에서 뻗치기 시작한 푸른 불꽃은 안광이 아니라 고전압이 깃든 에너지의 한 형태였다.

그때 나는 그에게서 흥미로운 현상을 발견했다.

그가 단전에 품고 있는 기운은 저 에너지를 자아내기 위해 존재하는, 유도체의 역할밖에 하지 않는다는 점이다.

예컨대 중원의 무공이나 이슬람의 할라는 개인이 주체가 되는 반면에, 성 마루스의 마법은 꼭 그렇지 않았다. 성 마루스의 마법에서 인간의 무한한 의식 세계와 선천진기는 그들의 고대 신과 약속되었던 언어(약어:約語)를 이용할 수 있는 통로에 불과했다. 나는 그 고대신이 흑천마검이 하나였을 때의 어떤 일부분이라 추정하고 있다.

어쨌든 대검사가 고전압의 에너지를 자아낸 방식도 마찬가지였다.

주체가 따로 있다.

하긴.

여기에도 인외의 존재가 있을 거라 생각해 오고 있었다.

— 느껴지는가?

흑천마검에게 물었다.

— 영물(靈物)이구나.

— 중원의 것은 네가 다 삼켜버렸지만 여기에는.

— 그것도 아주아주 오래된 영물이야. 크크큭…….

모처럼 흑천마검다운 웃음소리가 머릿속에서 울리기 시작했다. 흑천마검은 인간에게는 신령(神靈)일 수 있는 존재들을 그저 먹잇감처럼 말했다.

— 그것은 네가 온 것을 아직 눈치채지 못한 것 같은데, 아니 그런가?

흑천마검이 극한의 시간대를 뚫고 나왔다.

뱀처럼 기분 나쁜 혀로 대검사의 양손검을 훑어 올리더니, 짜릿한 표정을 짓는 것이었다. 흑천마검의 작은 동공 바깥으로도 푸른 불꽃이 한번 튀었다.

"그렇지 않아도 슬슬 뱃속이 허전해지던 차였다."

흑천마검이 말했다.

네 녀석의 뱃속은 항상 공허하겠지. 그 안이야말로 공허니까.

나는 재미있는 그 농담이 생각났지만 그만두었다.

하지만 그때 동시에 든 생각이 있었다.

언제 도착할지 모르는 우적을 대검사에게 맡긴 채로 마냥 기다리는 것보다는, 이 대륙의 인외 존재들에게 맡기는 것이 더욱 신속할 거라는 생각이었다.

"부디 참아줬으면 하는군."

흑천마검에게 말했다.

이 대륙의 인외 존재들이 한낮 흑천마검의 식사거리로 전락해서는 안 된다. 오랫동안 로마 제국이 이슬람 제국과 힘의 균형을 이룰 수 있었던 이유로 보이기 때문이다.

어쩌면 여기에서 기독교가 융성하지 못했던 이유는, 아틸라에 의한 훈족의 통일이 없었기 때문이 아니라 이들의 존재 때문일지도 몰랐다.

"왜냐. 고작 영물인데. 이 몸도 먹고는 살아야 할 것 아니냐."

흑천마검이 까칠하게 나왔다.

"생각해 보니, 그것들 중에서 하나쯤은 삼켜도 될 것 같군. 본보기가 될 것이다. 그것들 중에서 비중이 없는 것이라면……."

"번개 놈이 아니라?"

"그것만큼은 부디 참아주도록. 내 이렇게 부탁하지."

나는 흑천마검을 간신히 달랜 후에, 순간이나마 에너지가 시작되었던 방향으로 고개를 돌렸다.

동쪽이지만 아주 멀리였던 것 같다. 하지만 흑천마검이라면 꼭 집어 특정할 수 있을 거라 생각됐다.

"어딘지 알겠지?"

역시 흑천마검은 알고 있었다.

*      *      *

녀석이 긴 손톱을 쭉 그어 찢어놓은 시공의 틈 밖으로 신전이 나타났다. 기억 속 파르테논 신전이 전성기 시절이라면 마땅히 그러했을 만큼의 훌륭한 신전이었다.

금과 상아로 만든 거대한 유피테르 상(像)은 신전의 중심부에 안치되어 있었다. 제단에는 벌써 많은 방문객들이 놓고 간 곡식과 과일뿐만 아니라, 금붙이들도 적지 않게 있었다.

신전에는 사제도 방문객도 그리고 로마의 관리들도 많았다. 그 많은 사람들이 유피테르 상 앞에 무릎을 꿇고 기도를 하고 있었는데, 나는 극한의 시간대 안에서 멈춰 있는 그네들과 유피테르 상과의 차이점은 크기와 색채로밖에 느껴지지 않았다.

신전 자체만으로도 걸작이지만, 유피테르 상은 그야말로 절세의 명작이다.

힘줄뿐만 아니라 주름 하나까지도 표현해 냈다.

나는 그 상 안에 숨어있는 인외 존재보다도, 이 상을 만든 예술가가 누구인지 더 궁금했다. 어떤 의미로 그 예술

가야말로 인간의 경지를 초월한 자라고 할 수 있으니까.

"크크. 애송아. 이놈이 우리를 못 본 체하는데?"

흑천마검이 낄낄거리면서 몸을 띄워 올렸다. 그리고는 유피테르 상의 커다란 눈앞에 멈춰서, 그 안을 뚫어져라 쳐다보았다.

그때 유피테르 상의 눈동자가 움직였다.

흑천마검의 시선을 피해서 조금도 아래로, 눈을 까는 것이었다.

"괴롭히지 말아라."

나는 한숨을 내뱉으며 말했다.

흑천마검의 눈빛이 점점 갈증으로 변해가던 차였다.

가까이 오고 나니 확실히 알겠다.

유피테르 상에 깃든 인외의 존재는, 살라딘들의 악마와는 달리 이 세상의 존재들이다. 그러면 말은 더 쉬워진다. 흑천마검이 지닌 존엄성을 바로 느낄 수 있을 것이니 말이다.

"계속 모른 체할 것이라면, 나는 반신을 남겨두고서 그대로 떠날 것이다."

나는 유피테르 상을 향해 말한 다음, 우리가 찢어 놓은 시공의 틈으로 몸을 돌렸다.

그러자 등 뒤로 묵직한 음성이 닿았다.

**"어째서……."**

흑천마검은 그 음성이 마음에 들지 않았던 것 같다. 녀석은 무(無)로 돌려진 시간대에서 붉은 눈 악마를 삼켜버렸던 때 혹은 골드 드래곤과 대적했을 때 혹은 내게 달려들었던 때처럼 몸집을 키웠다.

순식간이었다.

10미터가 넘는 석상을 단숨에 삼켜버릴 만큼 녀석의 아가리가 쭉 찢어진 것은.

"흑천마검."

나지막하게 말했다. 흑천마검이 짜증 섞인 커다란 눈초리가 나를 향했다.

"부탁한다."

다시 말했다. 흑천마검은 눈빛만으로만 수십 가지 욕지거리를 내뱉은 후에, 이 몸과 같은 처음의 크기로 돌아왔다.

나는 고개를 치켜든 채로 말했다.

"천공(天空)의 신, 유피테르. 여기 사람들은 너를 그렇게 경외하겠지만……."

말하던 중에 더 말할 필요가 없다는 게 느껴졌다.

벌써 거대 석상의 입술이 파르르 떨리고 있는 게 보였다.

사실 천공의 신이라는 칭호는 흑천마검이 받아야 마땅했

고, 인외 존재도 어렴풋이나마 느낄 수밖에 없는 일이었다.

**"그대들은 무엇인가. 어째서 우리에게 개입하는 것인 가."**

그것은 극한의 시간대 안에서도 웅웅 울리는 장엄한 목소리로 말했다.

"이 번개놈이 아직도 제 주제를 모르고 있지 않느냐. 애송아."

흑천마검의 말도 어느 정도는 맞았다. 그래서 고개를 끄덕였고, 흑천마검은 쏜살같이 날아가 석상의 목덜미를 물었다.

석상이 발버둥 쳤다. 신전 기둥 몇 개가 큰 움직임에 의해서 파괴되는 동시에, 유피테르 상에서도 흑천마검이 물어뜯었던 부위를 중심으로 큼지막한 덩어리가 떨어져 나왔다.

극한의 시간대 안이라 그것이 아직 바닥으로 추락하지는 않은 채 내뱉어진 허공에 떠 있는 상태라고 해도, 예술의 극치를 품고 있는 거대 석상 일부분이 훼손된 것은 조금은 씁쓸한 일이었다.

유피테르 상에 깃든 인외 존재는 끝까지 제 옷을 포기

할 줄 몰랐다. 그대로 가다가는 흑천마검이 성질대로 통째로 삼켜버릴 게 분명해서, 나는 빠르게 기운을 움직였다.

이 몸은 일종의 블랙홀 같은 힘을 발휘했다.

유피테르 상에 깃든 인외 존재를 우리 앞에 드러내기 위해서는, 흑천마검이 덩달아 딸려오는 것이야 어쩔 수 없는 일이었다.

나는 퍼런색으로 찬란하게 빛나는 구형(球形)의 존재를 바라보았다. 또한 그것의 목소리가 내게 닿는 것을 허락했다.

— 너는…… 너는…… 대체 무엇이냐?

머릿속의 그것의 목소리가 나왔다. 하지만 조금 전 흑천마검이 행했던 일벌(一伐)이 효과가 있었는지, 더 이상 그 목소리에 장엄함이 담기지 않았다. 나는 몸을 툭툭 털면서 일어서는 흑천마검에게 미안한 표정을 지어보인 다음, 그것에게 말했다.

"나? 존엄한 반신을 앞에 두고서는 뭐라 말하기가 그렇군."

— 반신?

"여기 사람들은 너를 신으로 추앙하지만, 어디까지나 그들의 이야기지. 우리는 네가 무엇인지 안다. 여기서 동쪽으로 멀리 떨어진 곳에도 너 같은 것들이 꽤 있었지."

그것이 여전히 석상에 깃들어 있다면, 침을 꿀꺽 삼켜 넘기는 모습을 보였을 것이다.

"하지만 지금은 없다. 저 반신이 전부 삼켜 버렸지. 네가 두려워할 대상은 내가 아니라 널 간식거리로 보는, 바로 저 반신이다."

물론 그것의 능력은 예전이었다면 가공할 정도이긴 했다.

극한의 시간대에서도 머물 수도 있으며, 실체적인 고전압의 에너지를 다룰 수도 있으며, 제 힘을 인간들에게 빌려줄 수도 있으며, 자유로운 자아를 가지고도 있다.

"보이지 않는가. 너를 향한 반신의 식탐이?"

— 저것은 무엇이냐? 대체 무엇…….

"흑천마검. 이것이 여기에서 오랫동안 신으로 군림하고 있다 보니, 진짜 신을 몰라보는군."

하지만 흑천마검이 내가 내민 화해의 손을 붙잡기에는, 조금 전 덩달아 딸려왔을 때의 치욕감에 사무쳐 있었다. 녀석을 달래기 위해서는 한시라도 빨리, 뭔가를 먹여줘야 할 것 같았다.

— 그러는 너는 또 무엇이냐. 본질은 우리와 같지만 그 이상의…….

나는 무시하고 말했다.

"지적인 자아를 가진 만큼, 적아(敵我)의 구분도 있을 것 같군. 네게 적이 있는가?"

— 적?

"반신이 굶주려 있다."

그것은 단번에 내 말뜻을 헤아렸다. 구체의 형상일 뿐이지만, 바들바들 떠는 감정이 진하게 전해져 왔다. 그것은 흑천마검의 성질난 지금의 모습을 다시 보고 말았던지 반사적으로 토해냈다.

— 헤라.

"헤라……."

— 아니. 아니야. 헤라는 적이 아니다.

그것이 당황했다.

"내가 잘못 말했군. 사과하마. 너희들의 사회에 존재감이 미약해서 없어도 하등 이상이 없는, 그런 것. 지금은……."

— 지금은? '지금은' 이라니?

"찾는 자가 있다. 그것을 찾기 전까지는 우리가 왔던 곳으로 돌아갈 수 없을 것 같구나."

— 우리들 중에 누구인가?

"아니. 인간이다."

— 인……인간. 인간 때문에? 고작 인간 때문에에에?

"이상하군. 안도해야 할 일이지 않은가. 우리는 그렇게 여유롭지 않다. 그 인간의 이름은 우적. 내 형태를 보라.

이 형태와 같은 인종의 사람이니. 마지막 행방은 이슬람의 테헤란이나, 대검사에게 향하고 있는 중이라 추정하고 있다. 대검사가 누구인지는 잘 알고 있겠지. 조금 전에 네가 힘을 빌려주었던 자니까."

— 그 인간이면…… 그 인간 하나면…….

나는 극한의 시간대가 풀리고 나면 방문객들 머리 위로 떨어질 석조 덩어리를 한쪽으로 치워내며 대답했다.

*"그래. 죽여도 좋다."

제5장

명왕단천(明王斷天)

지난 오 일간.

내 일정은 꽤 순탄했다.

본산의 지존천실에서 사랑스런 두 여자와 시간을 함께 하였으며, 강남 성궁에서 두 호법대왕과 국론(國論)을 나누었고, 황금상단의 여정에 따라 사휘를 가르쳤다. 그리고 하루에 한 번씩은 유피테르를 찾아가 맡긴 일에 대해 묻곤 했다.

유피테르 신전을 찾은 것은 이번으로 6회째를 맞이하는데, 신전의 오늘 분위기는 지난날들과는 달라져 있었다.

유피테르 상이 난데없이 훼손된 이후로 방문객들의 출

입이 금지된 것은 여전하나, 다른 신전에서 온 사제들이 도착해 있었다. 그네들 때문이다.

미인을 좋아하지 않는 사내는 없다. 다른 신전에서 온 여사제들은 나이를 떠나 하나같이 미인이었고, 그녀들의 방문은 남성들로만 구성된 유피테르 사제들의 사회에 활력소로 작용하고 있었다.

"최고 최선의 유피테르께서는…… 아무런 말씀이 없으시네."

유피테르의 늙은 사제가 시선을 높이 향하며 말했다. 중년의 여사제도 늙은 사제를 따라서 고개를 들고는, 근심 어린 표정을 지었다.

목덜미가 떨어져 나간 유피테르 상은, 급히 설치한 고정 장치 덕분에 저 근엄한 얼굴을 간신히 유지하고 있는 중이었다.

"루나의 신탁이 있으셨다고 들었네만."

"그게 우리가 온 이유이지요. 우리는 요사이에 일어나고 있는 기이한 사건들이, 신탁으로 설명되길 기대하고 있습니다."

"신탁에 대해 물어도 되겠나?"

"대답해 드려야지요. 인사가 늦었습니다. 방문을 허락해 주셔서 감사합니다."

"아닐세. 나야말로 고맙네."

늙은 사제는 그렇게 대꾸하고, 세상이 무너질 듯한 한숨을 내쉬었다.

늙은 사제는 주변 사람들을 내보내기 시작했다.

그중에는 파견 나온 로마의 군인과 관리들이 있어 강력한 항의가 있었지만, 늙은 사제는 끝내 그들까지도 신전 밖으로 보내는 데 성공했다.

신전에는 늙은 사제와 다른 곳에서 온 중년의 여사제만 남게 되었다.

"루나께서는 페르소나 대사제에게 말씀을 전하셨습니다."

여사제가 말문을 열었고, 늙은 사제는 경청의 자세로 들어갔다.

"루나께서 전하시길, 당신의 딸들 중에서 가장 미모가 출중한 아이를 유피테르의 언덕으로 보내라 하셨습니다. 실망을 끼쳐드렸을진 모르겠지만……."

"아닐세. 신들의 마음을 우리가 어찌 헤아리겠나. 자네 말대로, 루나의 그 말씀이 시작이 되어 작은 단서라도 얻을 수 있다면 내 무엇이든 도울 것이네. 당연히 숙식을 제공할 것이고, 필요한 게 생긴다면 언제든 말하게."

"말씀은 거기까지였습니다."

"그런데 어떤 여신도가 신탁의 대상으로 꼽힌 것인가?"

"신도의 이름은 에리야입⋯⋯."

그때 중년의 여사제가 인기척이 난 신전 입구 쪽으로 고개를 돌렸다.

"에리야?"

중년의 여사제는 그들을 향해 걸어오고 있는 젊은 여사제를 향해 목소리를 냈다.

그런데 젊은 여사제 아무런 대꾸가 없이 계속 걸어왔다. 하늘하늘한 원피스 자락이 대리석 바닥에 닿을 듯 말 듯 걸어오는 자세에 기품(氣品)이 서려 있었다.

젊은 여사제는 천장에 떠 있는 우리를 한 번 쳐다본 후에, 중년의 여사제 앞까지 다가갔다. 그제야 중년의 여사제는 젊은 여사제에게 일어난 일을 알아차렸다.

중년의 여사제가 선 자리에서 황급히 엎드렸고, 유피테르의 늙은 사제도 허리를 깊숙하게 숙였다.

"달의 정기를 아름드리 품은 어머니시여."

중년의 여사제는 한참 어린 여사제를 그렇게 불렀다.

"사랑하는 아이야. 모두의 눈을 가리고 귀를 막아 주렴."

어린 여사제가 말했다.

하얀색 계통의 얇은 원피스 차림은 그녀의 아름다운 육체를 감추지 못한다. 도담한 어깨의 부드러운 곡선이 가슴으로 내려오면 탄력 있게 도드라지고, 다시 허리 안으로 말려 들어가기 무섭게 골반 부분에서 절정으로 이른다.

하지만 그녀의 진정한 아름다움은 맑은 이마에 있었다. 그리고 거기에서 서늘하게 비낀 눈썹 아래로는, 우리를 바라보는 이지적(理智的)인 푸른 눈동자가 있었다.

"루나입니다."

그녀가 자신의 이름, 아니 여기 사람들이 부르는 이름을 밝혔다.

빌린 육신의 이름은 에리야겠지만.

"유피테르가 도망친 줄 알았는데, 너를 남겨두었구나."

"당신께서 맡기신 일에 열중하고 있습니다. 그런 유피테르를 이해 못 했지만, 당신을 마주하고 나니 그럴 수밖에 없는 것이었습니다."

그녀가 흑천마검을 흘깃 바라본 후에 마저 말을 이었다.

"저는 해치지 말아 주십시오."

내가 아니라 흑천마검에게 향하는 말이었다. 그녀는 흑천마검이 그네들의 동족 중 하나를 삼킨 사실을 알고 있었다.

흑천마검은 눈빛만으로도 루나의 온몸을 벌써 몇 번이

고 삼켜 넘기고 있었다.

그렇지 않아도, 나는 흑천마검이 그네들 중 하나를 삼킨 일이 혹 녀석의 짓눌러왔던 본성을 자극해 버린 게 아닐까 우려하고 있는 중이었다.

내가 자연체의 경지에 든 이후로 흑천마검은 호의적으로 변할 수밖에 없었지만, 호의적이지 않아도 될 순간이 언제고 다시 올 수도 있는 문제였다.

녀석과 함께할 수 있을 때, 이 관계를 유지하여 성 마루스의 일을 서둘러 정리해야 한다.

그것이 첫 번째 결론이다.

"너는 인간의 형태를 고집하는군."

루나에게 말했다.

"유피테르는 당신께서 이러한 모습을 선호하실 거라 했습니다. 당신도 우리처럼 인간들을 사랑하지 않습니까?"

역시나, 이것들은 나를 인간으로 인식하지 않는다. 그들과 같지만 보다 차원 높은, 자연의 어떤 일부분쯤으로 여기고 있는 것 같다.

나는 고개를 끄덕이며 물었다.

"유피테르는 내가 맡긴 임무를 수행 중이라. 그렇다면 네 역할은 무엇인가?"

"그전에 분명히 확인하고 싶은 게 있습니다. 그것만 확인되면 우리들은 당신께 순종할 것입니다. 유피테르는 너무 겁에 질린 나머지 정작 중요한 이야기를 하지 못했지요."

루나가 용기를 내서 말했다.

"말하거라."

"우리들은 이 땅의 인간들을 사랑합니다. 오래전부터 그들의 곁에 있었지요. 문명과 전쟁 그리고 잉태와 죽음까지, 전부를 공유하면서 우리들은 우리의 사명을 깨닫게 되었습니다."

"짧게 할 수 있는 말을 길게 하는군."

"예?"

"이 땅의 인간들을 건드리지 말라는 것 아닌가. 그게 너희들의 사명이니까."

루나의 말뜻인즉, 성 마루스의 드래곤이 내게 처음 경고했던 바와 비슷했다. 그리고 흑천마검은 그런 루나를 비웃었다. 큭, 하는 짧은 웃음으로.

루나는 최대한 겁먹은 기색을 드러내지 않기 위해 애쓰고 있었다. 하지만 저 푸른 눈동자 속에 깃들어 있는 두려움은 숨기려야 숨길 수가 없는 것이라, 자연히 드러나기 마련이다.

루나가 말했다.

"당신이라면 우리의 마음을 헤아려 주시리라 생각합니다."

'이 땅의 사람들을 건드린다면 곧 전쟁이라는 것이냐', 라고 언성을 높일 수도 있겠지만, 이것들과 나의 힘 차이가 너무도 명백해서 그럴 필요조차 없었다.

"내가 어디에서 왔는지 아는가?"

"먼 동방, 교국이라는 이름의 나라에서 왔다고 알고 있습니다. 그리고 당신은 그 나라의 유피테르와 같은 최고 최선의 신이겠지요."

루나는 거기까지 말한 다음 황급히 손사래를 쳤다.

"당신과 유피테르의 힘이 대등하다는 것이 아닙니다. 그러니까 제 말은……."

"되었다. 그런 이야기라면 그만두지."

"그러면?"

"동방 교국 또한 로마 제국과 같이 영토가 넓고 많은 백성을 거느린 나라다. 언제가 되었든, 우리는 두 나라가 서로 부딪치는 일이 없도록 할 수 있을 것 같군."

루나의 얼굴이 대번에 환해졌다.

"이렇게나 인간을 사랑하시는 존재의 분노를 산 그 인간 남자는, 반드시 죽어야 할 악당이겠군요!"

"찾았는가?"

"지금부터 보여드리려는 것은 우리와 그자 사이에 있었던 기록입니다."

그 순간, 루나의 눈에서 달빛을 머금은 광휘(光輝)가 뻗쳐 나왔다.

*　　　*　　　*

1. 첫 영상은 우적의 먼 뒷모습부터 시작됐다. 놈이 전력을 다해 대지를 질주하고 있었고, 영상의 시점(視點)은 그놈을 뒤쫓고 있었다. 하지만 놈이 산으로 뛰어 들어가면서부터 행방을 놓쳐버린 모양이다. 놈을 찾기 위한 시선이 두리번거리는데, 갑자기 우적의 얼굴이 큼지막하게 들어왔다.

시점상, 시점의 주인은 땅에 쓰러져 하늘을 올려다보는 자세였고, 우적 놈은 시점의 주인을 빤히 들여다보고 있었다.

그것이 그 영상의 끝이었다.

2. 두 번째 영상의 시작은 첫 영상의 마지막에서부터 시간이 그리 지나지 않은 것 같았다. 뉘엿 기우는 태양의 위치나, 피가 튀겨 있는 놈의 옷차림에 큰 변화가 없기 때

문이다.

이번에도 마찬가지로 시점은 일인칭이지만, 전 영상과의 차이는 고정되어 있다는 점이다. 그런데 우적은 시점의 주인을 의식하지 않고 그 곁을 가깝게 지나치고 있었다.

바로 그때, 시점 안으로 불쑥 끼어드는 나뭇가지들이 있었다. 높은 위에서부터 우적 쪽으로 비스듬히 향하는데, 던져진 것이 아니라 빠른 속도로 자라나고 있는 것이었다.

비로소 시점의 주인이 '나무'라는 것을 깨달았던 그 순간에, 숲 전체가 요동쳤다.

시점의 주인으로 있는 나무뿐만 아니라 모든 나무들이 우적에 의해서 반응하기 시작했다.

우적의 모습은 시선 안에서 금세 자취를 감췄다. 녀석이 어디로 도망친 것이 아니라, 순간에 자라난 나뭇가지들이 녀석을 에워싼 것이다.

계속 그랬다. 사방의 나무들에서 뻗어 나간 나뭇가지들은 우적을 감싼 것으로 만족하지 않고, 몇 겹의 층을 만들어 나갔다.

그리고 어느 순간에 이르자, 뱀이 먹잇감의 숨통을 끊어 놓듯이 놈을 에워싼 나뭇가지 전체가 일제히 수축 반응을 보였다.

보통 나뭇가지들이 아니었다. 푸른색의 빛깔이 영롱하다.

강력한 힘으로 우적을 압사시키려 한다. 그렇지만 우적의 공력이 분명한 기운이 어떻게든 나뭇가지들 틈을 비집고 나온다. 그리고 조금씩 아주 조금씩 그 틈들이 벌어지는가 싶더니, 공력으로 터져버린 폭음이 순간에 나왔다.

시선이 뒤로 쭉 밀려 나간다. 조각조각 난 나뭇가지들도 덩달아 따라오고, 온갖 나뭇잎들도 사정없이 나부낀다.

그 순간에 나는 우적 놈이 중얼거리는 소리를 들을 수 있었다.

작은 목소리, 그리고 중원의 언어였다.

"뭐냐. 이 엿같은 땅은."


3. 수면 안이었다. 그래서 수면 바깥으로 보이는 모든 풍경이 물결대로 일렁이고 있었다. 첫 번째 영상과 두 번째 영상에서처럼, 세 번째 영상도 우적을 바라보고 있는 것으로 시작된다.

우적이 뭔가 이상한 낌새를 감지했는지, 물 찬 제비처럼 몸을 던져 하늘로 솟구쳤다.

그때 시점도 빠르게 치솟아 올랐다.

그런데 시점은 계속 수면 안에서 바깥을 바라보는 식이
라서, 마치 온 지상이 물에 잠긴 것 같은 풍경이 펼쳐졌다.

인간의 팔과 꼭 닮은 거대한 물줄기들이 시선 안을 끼어
들기 무섭게, 놈을 향해 뻗쳐 나간다. 놈의 속도는 물줄기
의 속도에 미치지 못했다. 가장 선두에 있던 물줄기가 놈
을 움켜쥐었고, 놈은 시점의 중심을 노려보면서 외쳤다.

"이번엔 수마(水魔)냐……."

놈의 전신이 물줄기 안으로 잠겼다.

안에서 요동쳐왔던 물의 흐름이 느릿해졌지만, 그 느림
속에 무게가 실렸다. 수압(水壓)이 갑자기 상승한 것 같았
다.

수면 안으로 들어와진 우적의 모습은 수면 바깥에 있을
때보다 또렷해졌다. 그래서 놈의 당혹한 표정이 더욱 신
랄하다.

놈 같은 경지면 물 안에서 숨을 쉬지 않고 거뜬히 하루
를 버틸 수 있겠지만, 심해에 준하는 수압과 맞부딪쳤을
때에는 그렇지 않다.

숨을 쉴 수 있느냐, 없느냐의 문제가 아니다. 그래서 나
또한 블루 드래곤과 접촉할 당시에 수압에 적응할 수 있
도록 내부를 먼저 다스리지 않았던가.

놈의 모든 핏줄이 곧 터져버릴 듯이 부풀었다. 특히 피부가 고스란히 드러나 있는 얼굴 쪽은, 괴질의 바이러스에 감염된 사람처럼 흉측해졌다. 그런데 인체에서 가장 약한 부분은 아무래도 안구일 수밖에 없어서, 거기서부터 반응이 시작됐다.

동시에 두 안구의 실핏줄부터 터졌다.

놈이 눈을 악 감아도, 눈꺼풀 사이로 삐져나오는 핏물들이 주변으로 번져나갔다. 놈이 저도 모르게 벌린 입 사이로는 티끌보다 작은 공기 방울들이 와르르 쏟아져 나왔다.

놈이 발버둥 치는 동시에, 한 박자 늦게 끌어올린 기운이 있었다. 그리고 그것은 호신강기로 발동됐다. 놈이 찰나에 온몸이 터져 버릴 순간을 겨우 모면하면서 실눈을 떴다.

"요망스러운 마귀야!"

놈의 목소리가 울렸다.

"왜냐. 왜 너희 서양 마귀들이 나를 노리는 것이냐."

하지만 시점의 주인이 했을 대답은 들리지 않았다.

"유피테르? 나는 그것을 모르는데, 내게 어떤 원한이 있다고!"

"그러니까 너는 종놈이라는 것이구나!"

답답했다.

저건 시간을 끌기 위한 수작이다.

여기서도 놈은 살아남겠다 싶었을 때, 역시나 놈이 휘두른 손날에서 환하고 아름다운 빛이 번뜩였다. 하지만 영상이 흐릿해지며 들리는 마지막 목소리는 꼭 그렇지 않았다.

"씨발……."


4. 놈은 가부좌를 튼 채 운기 중이었다. 고막과 두 눈에서는 여전히 피가 멈추지 않은 채 흘러나오고 있는 중이기도 했다.

온몸을 젖게 만들었던 물기는 공력으로 날려 보낼 수는 있었어도, 온몸으로 자아내고 있는 패색 짙은 분위기까지는 날리지 못했다.

운기를 하고 있는 와중에도 놈의 미간은 신경질적으로 꿈틀꿈틀거리고 있다.

그러던 갑자기 놈이 몸을 튕겼다. 놈이 앉아있던 지면이 한 박자 늦게 아래로 쑥 꺼졌고, 놈은 몸을 던졌던 방향 그대로 도망치기 시작했다.

그리고 쫓고 쫓기는 지루한 영상이 계속되기만 하다가, 영상이 넘어갔다.

5. 다섯 번, 여섯 번, 그리고 일곱 번째 영상이 계속되면서, 우적은 만신창이가 되었다. 놈은 연달아 이어지는 자연의 습격 앞에 무릎을 꿇기 일보 직전까지 치달았다.

삼황의 진전을 전부 이은 몸으로도 다리를 절뚝거리고, 이제 두 눈은 완전히 감겨져 기감에 온몸을 맡기고 있었다.

혹 조그마한 산짐승이 움직일 때면, 놈은 움찔하면서 한참 동안 그 자리에서 벗어나지 못했다.

이 여덟 번째 영상은 그런 놈을 멀리서 조용히 따라가며 진행되고 있었다.

한편 살며시 내뱉어지는 숨소리가 일정한 것으로 보건데, 이번 시점의 주인은 사람이었다.

문득 시선이 우적에서 하늘로 옮겨졌다.

시점 주인의 목소리가 흘러나왔다.

낯익은 목소리.

시점의 주인은 대검사였다.

"최고 최선의 유피테르. 아버지시여. 저 동방의 외국인이 무슨 연유로 신들의 분노를 샀는지는 모릅니다. 어차피 저자의 목숨을 거둬 가실 것이라면, 당신의 아들이 하는 간곡한 청원을 들어 주십시오."

시선은 다시 아래로 내려가, 그의 푸른빛의 맴도는 양

손검으로 향했다.

"우리 인간들 중에, 그 누가 이 지상의 최고인지를 지켜봐 주십시오."

그것으로 영상이 끝났다.

＊　　＊　　＊

"오늘 있었던 일인가?"

"예."

"그러면 대검사와 그놈이 겨루고 있는 중이겠군. 그놈의 몸이 성치 않을 텐데?"

루나는 조금 망설이다가 입술을 뗐다.

"유피테르는 그 아이를 정말로 아끼지요. 그 아이가 원하는 대결은 정의로운 것이었습니다."

그러니까, 정정당당한 대결이 될 수 있도록 우적을 치료해 주었다는 말이다.

"하지만 오해하지 말아 주십시오. 우리는 당신께서 말씀하신 그자의 목숨을 순종의 징표로 바칠 것입니다."

루나는 나와 흑천마검의 눈치를 동시에 살폈다.

아니.

내 앞에 드러난 이상, 남의 손을 빌릴 필요가 없다.

"저기가 어디인가?"

"시에라 네바다 산맥. 그라나다의 시민들이 부르는 이름입니다."

역시 우적은 대검사를 향하고 있던 것이다. 그리고 내가 며칠 차이로 대검사를 먼저 찾았던 것이고.

"그대도 따라올 것인가?"

"제 역할은 여기까지입니다."

"마지막으로 하나 묻지. 너는 무엇이든 투영(投影)하여 볼 수 있는 것인가?"

"저보다 하등한 존재에 한해서입니다."

과연 라쿠아는 루나보다 하등한 존재일까?

왠지 아닐 것 같지만, 약간의 기대가 드는 것은 사실이었다.

"여기서 기다리고 있거라. 금방 다녀올 터이니."

나는 그렇게 말하며 흑천마검에게 고개를 돌렸다. 흑천마검은 요 근래 보이는 무표정인 얼굴 그대로 긴 손톱으로 허공을 쭉 그어 내렸다.

공간이 찢기는 광경을 본 루나는 놀라움을 금치 못하며 아, 하고 나지막한 탄성을 터트렸다.

찢긴 공간의 틈으로 몸을 밀어 넣었을 때, 나는 하늘 위였다. 녹지 않은 눈들이 얹혀 있는 봉우리들과, 산맥의 전체적인 능선이 한눈에 들어왔다.

강렬한 두 후천진기의 격돌이 있었던 방향으로 몸을 틀었다.

일대는 아수라장이 되어 있었다.

몇 차례 폭격이 있었던 것만 같이, 대지 곳곳이 움푹움푹 파여 있었으며 검게 그을린 나무들이 어디에나 쓰러져 있었다.

한데 검게 그을린 것은 나무만이 아니었다.

바닥에 널브러져 있는 우적 놈도 거의 다 탔다. 제구실을 할 수 없는 의복 바깥으로, 검게 그을린 피부를 고스란히 드러내고 있었다.

대검사의 승리였다.

그런데 대검사도 큰 부상을 입기는 마찬가지.

지면에 박아 넣은 양손검에 몸을 지탱하고 있는 중이기도 했다.

나는 아직도 전류가 흐르고 있는 지면으로 내려섰다.

— 루나를 만났는가?

유피테르의 목소리가 나왔다.

— 이들의 대결은 아직 끝나지 않았다. 그대의 땅에서 온 저 인간은 다시 일어설 것이다.

나는 그 말을 무시하고 우적의 앞으로 다가갔다. 그러

자 유피테르가 나를 달래듯이 말했다.

— 다시 있기 힘든 숭고한 대결이다. 우리가 개입해서
는 안 되는.

"숭고?"

— 인간들 중에 당대의 최고를 가릴 수 있는 기회가 다
시 올 것 같은가. 지금이 처음이자 마지막일 수 있다.

아아. 유피테르는 대검사와 우적의 대결에 매료되어있
었다.

"승부는 이미 결정된 것 같군. 대검사의 승리다."

— 결국 그렇게 되겠지만, 인간들 스스로가 결정지을
때까지 기다려줬으면 한다.

언제고 나와 흑천마검을 두려워하던 유피테르였으나,
지금만큼은 그 두려운 마음보다 즐겁고 기쁜 마음이 앞서
는 것 같았다.

어쩌면 유피테르는 대검사와 우적을 대결을, 그가 주관
하는 인간과 내가 주관하는 인간의 대결로 여기고 있는지
도 몰랐다.

— 기, 기다…….

유피테르가 황급히 말을 내뱉었지만, 이미 날 선 감각
을 풀은 뒤였다.

"찾았다."

내가 말했다.

대답은 우적이 헐떡거리고 있는 아래가 아니라 등 뒤에서 나왔다. 대검사가 양손검을 두 손으로 움켜쥐고는 자세를 꼿꼿이 세우고 있었다.

"왔는가."

— 그대가 이겼군.

아슬아슬하지만.

"비켜. 끝나지 않았다."

꼭 상대를 죽여야만 승부가 결정되는 게 아니지만, 대검사의 생각은 달랐다.

대검사의 살기가 이글거리는 시선은 오로지 우적에게 집중되어 있었다. 나와 몇 마디 말을 나누고 있는 와중에도 말이다.

대검사가 한 걸음씩 거리를 좁혀 들어오기 시작했다. 그때 우적이 흐느적거리며 몸을 일으켰다. 안구는 다 터져버리거나 타버린 후라서, 두 눈이 감겨진 상태였다. 놈이 그런 얼굴을 내 쪽으로 향하고는 갸웃거리듯이 꿈틀거렸다.

놈은 소리도 잘 듣지 못한다. 또 놈 같은 경지로는 이 몸을 인지할 수도 없는 노릇.

연조의 보물은 어디에 감춰 두었느냐.

나는 놈에게 의념으로 그렇게 물으려다가, 다가오는 대검사에게 길을 비켜줬다.

괜히 살려두어 시간 끌지 말고…….

종지부를 찍을 수 있을 때 마땅히 그래야 할 것이다! 여기는 그런 자리니까.

지면을 그으면서 왔던 대검사의 양날검이 크게 올라갔다. 비스듬히 생성된 궤적보다 먼저 푸른 불꽃이 먼저 우적을 덮쳤다.

나는 그때 우적의 전신이 일도양단(一刀兩斷)될 거라 믿어 의심치 않았다. 그만큼이나 우적은 사경을 헤매는 중이었고 공력도 많이 소실된 상태였다.

아!

하지만 기적처럼 우적에게 깨달음이 있었던 것 같다. 패색 짙었던 우적의 얼굴에 환열(歡悅)이 찰나에 깃들었다.

삼황이 남겨둔 진전이 비로소 깨어나는 것인가.


**"으아아아아!"**


우적이 강력한 사자후를 내질렀다. 우적을 덮쳤던 푸른 불꽃도 바로 사그라들었다. 대검사는 다급히 양손검을 대지에 꽂아 넣었으나, 도리어 그에게 불어 닥친 역풍으로 저만치 튕겨 날아갔다.

**"기다려라. 혈마교주우우우우!"**

우적이 고함을 지르며 대검사를 향해 날아들었다.

그야말로 전광석화(電光石火).

대검사는 꼼짝없이 죽을 판이었고, 대검사 또한 그 일격을 피할 수 없음을 직감한 듯했다.

그런데 곧.

대검사의 얼굴이 경악으로 물든 까닭은 다른 이유 때문이었다.

그에게 날아든 것은 그의 목숨을 앗아갈 우적의 어떤 공격이 아니라, 날아오는 도중에 목이 잘려버린 우적의 시신이었기 때문이다.

\* \* \*

남겨진 것은 우적의 잘린 목과 대검사에게 부딪치며 피를 쏟아냈던 나머지 몸체뿐이었다. 천천히 흩어지고 있는 선천진기가 놈의 죽음을 확실히 증명하고 있는 때이기도 했다.

곧 우적 놈의 남겨진 육신마저도 불길 속으로 사라졌
다.

충격을 받은 듯이 가만히 있던 대검사가 그때 날아들었
다.

기어이 지상 최고의 명예를 얻고자 함은 아니었다. 그
는 이 자리에서 목숨을 버리는 한이 있더라도, 나를 확인
하고 싶어 했다. 그의 눈에 깃들어 있는 것은 살기가 아니
라 거대한 의문이었다.

넌 대체 무엇이냐! 대체 무엇이기에!

그런 고함이 다 들리는 것 같았다.

— 인간은…….

그때 유피테르가 극한의 시간대 안으로 끼어들었다. 대
검사와 우적의 승부를 지켜보며 즐거워했던 녀석의 목소
리가 어느새 사정하는 투로 바뀌어져 있었다.

— 그것이 실수임을 알면서도 어김없이 저질러 버리곤
한다. 그대도 알지 않은가? 이 아이의 실수를 눈감아 주
길.

"그래도 이대로 두면, 위험하긴 마찬가지일 것 같군."

— 이 아이가 그대에게 위협이 될 것 같은가? 그런 일
은…….

"이자를 생각해서 하는 말이다. 걱정 말고 지켜보기만

하거라. 이자가 다치는 일은 없을 테니."

나는 말을 마치며 날 선 감각을 풀었다.

양손검에서 먼저 뻗어 나온 강력한 풍압(風壓) 속에 유피테르가 빌려주었던 힘까지 깃들었다. 그 일격으로 보건데, 대검사는 그가 할 수 있는 최고 최후의 공격을 감행한 것이었다.

물리적인 법칙에서 벗어날 수 있는 이 몸이지만, 나는 대검사를 배려하여 양손검이 이 몸을 관통하고 지나도록 내버려두지 않았다.

대신 검지손가락을 곧 이어질 양손검의 궤적을 향해 내뻗었다.

화아악!

양손검은 태산이라도 베어버릴 듯 무지막지한 기세로 휘둘러졌지만, 검지손가락이 닿는 순간에 그 자리에서 딱 고정되었다.

대검사가 남은 기운을 전부 짜내도 마찬가지다. 도리어 대검사의 전신이 바들바들 떨리기 시작했다.

문득, 나를 노려보던 대검사의 입가에 차디찬 쓴 미소가 걸렸다. 그의 몸이 옆으로 기울더니, 양손검과 함께 기울던 방향 그대로 쓰러졌다.

그는 더 이상 나를 고집스럽게 쳐다보지 않았다. 그의

시선은 하늘을 향해 있었고, 숨을 헐떡거리면서도 오히려 개운해 보였다.


*　　　*　　　*


유피테르는 내가 왔던 땅으로 돌아가길 바랐지만, 아직은 아니었다.

루나에게 물을 게 있었다.

그녀는 내가 말했던 대로 신전에서 나를 기다리고 있었다. 공간의 틈에서 빠져나오는 우리를 발견하고는, 아름다운 자태로 걸어왔다.

그런데 살짝 웃음을 짓고 있던 얼굴이었으나 그늘이 깃들어 있었다. 그것은 아마도 내가 빨리 떠났으면 하는 바람 때문일 것이다.

나는 이들에게 반갑지 않은 불청객이다.

"하나만 묻고 떠나지."

내가 말했다.

"찾고 있는 사람이 한 명 더 있다. 그녀의 이름은 라쿠아."

라쿠아의 외모뿐만 아니라 만났던 과정 일체에 대해 전부 이야기하느라, 적지 않은 시간이 흘렀다.

어느새 신전의 바깥은 밤이 되어 있었다.

달이 뜨고 나서 루나의 분위기는 더욱 신비로워졌다. 눈부시게 빛이 나는 아름다운 외모 때문이 아니라, 한없이 고요한 두 눈 안이 그랬다.

"당신께서 그녀를 크게 경계하시는 점은 이해가 됩니다."

"찾을 수 있는가?"

"제 능력이 발휘되는 데에는 두 가지 조건이 필요합니다. 하나는 저보다 하등한 존재일 것이며, 다른 하나는……."

나는 루나가 그랬듯이, 그녀의 이야기를 묵묵히 들었다.

"많은 여행자들과 상인들은 제 신전을 방문합니다. 달빛이 그들에게 축복이 되길 바라는 마음에서 말이지요."

루나가 계속 말했다.

"저는 그 모두가 보았던 것을 볼 수 있고, 들었던 것들을 들을 수 있습니다. 누가 이슬람의 백성이라고 하여도, 사람에서 사람으로 이어지는 인연의 끈을 따라가다 보면 결국에는 닿길 마련입니다. 하지만 당신들조차 찾지 못하는 그녀에게 닿기까지, 얼마나 많은 시간이 걸릴까요. 그리고 당신 외에 그녀를 보거나 만났던 사람이 과연 있을까요?"

"한 명."

"네?"

"이슬람 제국의 최고 통치자. 칼리프는 라쿠아와 접촉
한 적이 있었을 것이다."

루나가 난색을 보였다.

"저는 그에게도 닿을 수 없습니다. 바그다드에는 그를
지키는 많은 신들이……."

루나는 아직 모르고 있었다.

"바그다드는 폐허가 되었다. 큰 재앙이 있었지."

쓴 말을 내뱉었다.

루나는 잠깐 아무 말 없다가, 나와 줄곧 조용히 있기만
하는 흑천마검을 번갈아 쳐다보았다.

곧 루나의 아름다운 두 눈 안에 심각한 파문이 번졌다.
바그다드에서 일어나고 말았던 큰 재앙이 무엇이었는지
직감한 것이다.

파문은 빠르게 공포로 바뀌어, 겁에 질리는 모습을 보
이기 시작했다.

범에 둘러싸인 가냘픈 토끼 꼴. 루나뿐만 아니라 석상
안의 유피테르에게서 나오는 느낌도 동일해서, 장내가 순
식간에 차갑게 식었다.

"칼리프를 투영해 보겠는가?"

나는 거기까지 말하고 루나를 기다렸다. 칼리프를 특정
하기는 어렵지 않았는지, 루나의 입술이 떨리면서 열렸다.

"산 사람이 아닙니다. 그자는 죽었어요."

역시 그렇다.

칼리프가 살아 돌아왔다는 소문은 거짓이다.

그 소문은 이슬람 정국(政局)을 안정시키기 위한 방편이거나, 이슬람 왕자 사이드와 미나레트가 후계를 다투면서 만들어낸 것이다.

"그렇다면 이제 그녀와 접촉했던 사람은 한 명뿐이겠구나."

바로 나.

"나를 투영해 그녀에게 닿거라. 단, 내게서 보고 듣는 것들은 네가 소멸되는 그날까지 비밀로 지켜져야겠지만."

"저는……. 저보다 하등한 존재만을 투영할 수 있습니다."

"이 몸을 그 조건에 맞춰주마."

꿀꺽.

루나는 진짜 사람처럼 입안에 잔뜩 고인 침을 삼켜 넘겼다.

"제게 거부할 권한 같은 건 없겠지요?"

내게서 오랫동안 대답이 없던 끝에, 달빛이 유난히 밝아지는 순간이 왔다. 겁에 질린 루나의 목소리를 시작으로 말이다.

"제가 당신의 전부를 알게 되어도, 저를 해치지 말아 주십시오. 간절히 청합니다."

* * *

나를 투영한다는 것은 내 지나온 삶을 모두 보고 마는 것이다.

"아……. 아…….."

그것이 내 삶을 모두 읽어 버린 루나의 첫 반응이었다. 크게 감격했는지 소리까지 내면서 온몸을 부르르 떠는 이유가, 내 안에서 무한한 우주를 간접 경험했기 때문이라고 생각했다.

하지만 곧 알았다. 온몸을 부르르 떠는 것은 감격했기 때문이 아니라, 교수대에 오른 죄인의 심정이라는 것을…….

루나는 내가 그녀를 죽일 거라는 강한 확신을 가지고 있었다. 지금까지 내가 살아온 삶을 통해, 아직은 감추고 싶었던 이후의 계획까지 깨닫고 만 것 같았다.

"내 정체를 알았다고 해서 해치지 않겠다. 라쿠아에겐 닿을 수 있었는가?"

나는 모르는 체하고 말했지만 소용이 없었다. 루나가

대답했다.

"아니요. 당신의 약조 따위는 의미가 없는 것이죠. 당신은 저를, 우리 모두를 죽일 겁니다."

"내가 이 땅에 온 목적이 무엇인지 알 텐데?"

"하지만 이제 당신은 우리들의 존재를 알게 되었습니다. 당신이 바라는 바를 다 이룬 날이 오면……. 당신은 우리들을 해치고 말 겁니다. 분명히 그럴 거예요. 당신은 우리들의 존재 자체를 용납하지 않을 테니."

나를 포함하여 인간이 통제할 수 없는 인외 존재들은 이 세상에서 사라져야만 한다.

"그날이 과연 올 것 같은가?"

인과율의 섭리에서 벗어날 수 있는 그날이?

나는 큭, 소리를 내며 웃었다.

"루나. 쓸데없는 우려 때문에 일을 그르치려 하고 있구나. 로마 그리스의 신들은 인간과 영락없이 닮았다더니, 틀린 말이 아니었군."

루나는 슬슬 감정을 추스를 수 있었는지, 침착한 표정으로 돌아왔다.

"라쿠아, 당신이 찾는 그 여자에게는 닿을 수 있었습니다."

"라쿠아는 어떤 사람이지?"

라쿠아를 찾는 데에 그치는 게 아니라, 그녀의 진정한 정체에 대해서도 알 수 있을 거란 생각이 퍼뜩 뇌리를 스치고 지나갔다.

"당신은 그녀를 찾지 않아도 될 것 같습니다. 이 세상에서 떠나셔도 좋습니다. 그녀는 당신에게 나쁜 마음이 없으니까요."

오랜만에 반가운 소리다. 하지만.

"그런 이야기는 라쿠아에게 직접 들어야겠다. 어디에 있지?"

"제 말을 믿으세요. 그녀는 나쁜 의도로 당신에게 '옥제황월'과 싸우게 한 것이 아니었습니다."

그러던 중 갑자기였다.

흡!

마치 극한의 시간대에서 시작되어 버린 일처럼, 한순간에 루나의 얼굴이 급격하게 늙었다. 팽팽하던 볼에 검버섯이 피고 머리카락이 한 움큼씩 떨어져 나왔다. 얼마 남지 않은 머리카락은 희게 세었다.

"그래도 당신이 보여준 것들은 감사하게 생각하고 있습니다. 당신이 아니었으면 저 같은 것은 영원히 알 수는 없는 세계였겠지요."

아름다운 악기를 연주하듯 했던 그녀의 목소리도 쉿소

리로 바뀌었다.

루나가 인간의 몸 안에 들어간 상태로 소멸하고 있다?

나는 극한의 시간대로 돌입했다.

지금껏 극한의 시간대에 들어올 수 없었던 루나였으나, 이번만큼은 달랐다.

— 사실 당신이 가장 경계하는 이 땅의 존재는 바로 제가 될 테지요. 그러니 저는 당신의 비밀을 함께 안고 떠나겠습니다.

루나의 기운만큼이나, 그녀의 거칠어진 목소리도 점점 희미해져 간다.

스스로 목숨을 끊는 사건은 이번만이 아니었다. 이복언도 그랬다.

지금은 분명히 알 것 같다. 내 무엇이 둘의 목숨을 끊게 만들었는지 말이다.

명왕단천(明王斷天)이라.

나는 본교의 교도들에게는 명왕이 될 수 있겠지만, 그 과정을 바깥에서 보면 하늘을 끊는 것으로 보일 수도 있지 않을까.

이복언의 유언을 그렇게 해석한다.

제6장

선택

우적은 죽었다. 라쿠아 건도 루나가 보여준 모습 때문에, 내게 악의를 가지고 있지 않다는 그 말에 어느 정도 믿음이 간다.

그렇다면 가야 한다.

성 마루스로 떠나야 한다.

하지만 발이 떨어지질 않았다. 이복언과 루나가 스스로 목숨을 끊게 된 이유가 머릿속에서 떠나질 않기 때문이다.

결국 그녀들이 끔찍이 우려하였던 건, 나로 인한 단천 (斷天)이었다.

오로지 교도들에게만 국한된, 교도 중심적인 사고가 교

도 바깥의 세상을 불행으로 치닫게 할 것이라는 강력한 확신에 의해서였다.

인간 이복언 그리고 로마 제국의 신 루나.

둘은 다른 존재이면서도 나를 똑같이 바라봤다. 이복언이나 루나나, 나는 그네들이 어쩔 수 없는 저 높은 곳의 힘을 지닌 존재였다.

그녀들은 틀리지 않았다. 하지만 제 죽음으로 나에게 어떤 영향을 끼치려 했다면 그 죽음이 헛된 것에 불과하다. 이렇듯 나를 고뇌의 수렁텅이에 빠트릴 수는 있어도, 내 마음은 어쨌거나 초지일관(初志一貫). 변함이 없는 것만 봐도 그렇지 않은가.

멀리 볼 것도 없다.

예컨대 교국의 신분제도를 대하는 이 마음만 해도 그렇다.

본교의 교도들을 신분 계급상의 최정점에 놓은 피라미드 구조는, 교도들의 안전과 그네들의 희생을 생각해서는 꼭 필요한 장치였다. 물론 그 신분제도를 몇 세대 이상 지속할 생각은 없다. 그러기에는 불가촉천민이 되어버린 잔당의 후손들은 또 무슨 죄란 말인가.

하지만 잔인한 인과율에 의해서 보고 말았던 평행세계는 어땠는가?

그 암흑세계를 만들었던 내가 말하길, 본인으로서도 어쩔 수 없는 일이라 하였다. 그로서도 밝고 평화로운 세상을 만들기 위한 계획은 많았을 것이고, 그중에 어떤 것은 실행으로 옮기기도 했었을 것이다. 그러나 그 세상은 결국 파국으로 치달았다.

그곳의 나는 인과(因果)를 이야기했다.

우리가 남겨온 일들이 앞날의 선택에 지대한 영향을 미친다는 것.

그렇다면 내일의 선택을 야기할 수 있는, 지금의 신분제도를 지금이라도 없던 일로 해야 한다. 허나 나는 그런 결단을 내릴 수가 없다. 그것은 또 더 큰 문제를 야기하기 때문이다.

이런 것이다. 남겨온 원인(因)들에서 벗어날 수가 없다.

이복언이 지금 내 앞에 있다면, 나는 이렇게 말할 수밖에 없을 것이다.

'아서라. 나라고 좋아서 신분제도를 유지하는 줄 아느냐?'

거대한 힘을 지녀도, 물질적인 법칙에 벗어난 경지에 이르러도. 그 경지에 들기 전의 남겨진 일들이 다음의 선택을 결정한다. 그렇듯 계속 되짚어 올라가다 보면, 애송이 시절의 결정부터 시작된다.

즉, 지금의 선택 그리고 내일의 선택들은 그때 결정되었다. 마치 당연히 그렇게 될 인과율처럼.

"아……."

거기까지 생각했을 때, 이복언과 루나의 죽음이 헛되었다는 생각이 틀렸음을 깨달았다.

그녀들의 죽음이 나로 하여금 또다시 생각나게 만드는 것이 있었다.

모래시계!

보라.

많은 세상이 걷잡을 수 없이 망가졌다.

중원은 혈천하의 이상이 실현된 것이 아니라 그저 중원을 지배한 것에 지나지 않았고, 가족들의 세상은 '불을 질렀다' 라는 표현이 딱 정확해졌다.

옥제의 고향 세상은 또 어떤가. 관조자에 불과했던 인과율의 현신, 드래곤이 그 세상에 개입하게 되었을뿐더러 타차원의 존재들까지 본격적인 활동을 시작했다. 그 세상이 지금에는 어떻게 더 암울하게 변해 있을지 모른다.

막연히 백운신검이 넘어오던 순간에 멈춰 있길 바랄 뿐이지만, 본래와 변질된 블랙 드래곤이 모든 인과율을 전부 흡수해버린 것을 가정하지 않을 수 없다.

이미 희생되어 버린 교도들 때문에 철군을 하지 못했다.

이미 저쪽 세상의 혈마교가 미 정부에 노출되었기 때문에 내 존재를 드러냈다.

이미 옥제황월과의 악연을 질질 끌었기 때문에, 성 마루스에 개입했다.

그로부터 지금까지.

너무도 많은 사람들이 죽었다. 정말 지옥과 같은 사후 세계가 있다면, 나는 지옥행 급행열차에 탑승한 셈이었다.

이복언과 루나가 보았듯이 여러 세상의 미래는 끔찍할 수밖에 없다. 내가 아무리 애쓴들, 지금껏 저질러온 원인들이 계속 내일을 만들어가기 때문이다.

이 악순환에서 벗어나는 방법은 단언컨대, 유일하다.

모래시계와 같이 인과율의 현신들을 이용.

그것밖에 없다.

다만, 가족들의 세상에는 인과율의 현신을 발견하지 못했다. 평행 세계의 내가 그 오랜 시간 동안에도 찾지 못할 것을 보면 정말로 없는 것이다.

지금이라면 어쩐지, 흑천마검이 부모님과 내 동생 영아를 중원으로 데려오는 걸 용인할 것 같다는 생각이 든다. 내가 차마 그러지 못하는 이유는, 정말 그러고 나면 나는 저 세상을 버려 버리고 말 것이 분명하기 때문이었다.

가족들의 세상에 대한 생각은 잠깐 접어두고, 우선 해결할 수 있는 일부터 천천히 생각해 봤다. 중원부터.

여기의 모래시계는 내가 부쉈다.

돌이켜보면 그때 뿔뿔이 흩어져 성 마루스의 '선택받은 것'들과 같은 현상이 일어날 가망이 있었으나, 지금까지는 그런 것이 단 한 번도 발견된 적이 없었다.

부숴버린 모래시계는 어떻게 되었을까.

그 이전에 어떻게든 모래시계를 다시 찾아 복구한다면?

원하는 시작은 배교도 벽력혈장을 처단하고, 본교의 이십일 대 교주로 등극하는 순간이다.

옥제를 생각하면 이제 분노는 없고 안쓰러움이 먼저 든다. 그는 충분히 죗값을 치렀다. 무로 사라진 시간대에서는 이미 한 번 죽었고, 다시 되살아난 지금의 시간대에서는 괴로움의 연속이었다.

그리고 결국에는 인간임을 포기하기에 이르렀다가, 백운신검에 덩달아 고깃덩어리가 되어서 이쪽으로 던져졌다.

'다시 시작한다면 인외존재들은 은밀히 처리한 다음, 십시와 혈산 안에서 나오지 않을 것이다.

이미 십시와 혈산은 전대의 교주들의 안배로 완성된, 유토피아 그 자체였다.

그 천국 안에서 설아와 혼례를 치르고 영아와.

영아?

"영아……."

＊　　　＊　　　＊

"왜 그러고 계셔요?"

설아가 나를 발견하고 물었다. 물론 아빠빠 아빠빠, 사랑
스러운 목소리와 함께 내게 걸어오는 아기 천사도 있었다.

줄곧 나는 흑천마검의 성화에도 불구하고, 혈산으로 돌
아온 후부터 화원 구석에 앉아만 있었다.

아직 마음의 준비가 되지 않았던 것이 분명하다. 영아를
보는 순간에 가슴 속 한구석에서 아련히 퍼지기 시작한 통
증이 느껴졌다.

영아는 내게 전지전능했다.

영아와 처음 만났을 때는 결코 상상조차 할 수 없을 정
도로, 영아는 어느새 내 가슴속 깊숙이 들어와 뿌리를 내
리고 있었다.

그런데 어떻게든 모래시계를 복원했다면, 그다음은?

영아는 지워진다.

나는 영아가 설아와 나 사이에서 태어난 진짜 딸이 아닌
것을, 처음으로 원망했다.

인과율.

인과유우우울!

마구잡이로 발악하고 싶은 충동에 휩싸였다. 그러는 한편, 역시 라쿠아를 만나야만 하는 필요성이 강렬히 느꼈다.

그녀에게 직접 듣고 싶었다.

직전까지는 설마?, 하고 생각했었다. 라쿠아가 여기까지 보았다고 생각하는 것은 너무 과민 반응일까 싶기도 했다.

하지만 정말 그렇다면 그녀는 무슬림으로서, 아니 바그다드에 닥친 재앙에 슬퍼하는 한 인간으로서.

할 수 있는 모든 능력을 다해, 나로 하여금 모래시계를 복원시키려는 의도일 수도 있겠구나 싶었다. 그러면 바그다드 또한 재앙을 입기 전으로 되돌아갈 테니 말이다.

그런데 영아는 옥제황월의 할라 수련 도중 의도치 않게 태어난 아이로, 라쿠아가 멀리서 일으킨 날갯짓의 결과이기도 했다. 또한 모래시계를 복원하지 말아야 할 유일한 이유이기도 하면서.

아니. 내가 어떤 가정을 해 본들, 라쿠아에게 직접 듣는 만 못하다.

우적을 찾기 위해서는 그만한 수고를 들일 필요가 없었지만 라쿠아만큼은 아니다. 그녀는 내게 들려줘야 할 비밀들이 너무도 많다.

그녀를 만나기 위해서라면 온 이슬람 땅을 헤매고 다닐 자신이 있다.

고독해질 때면, 외로움에 너무 사무칠 때면…….

그때만 잠깐 피하자.


나는 극한의 시간대로 들어왔다. 그게 무엇을 뜻하는지 아는 흑천마검도, 인형(人形)을 띄면서 그 안으로 들어왔다.

"드래곤 사냥은?"

녀석이 바로 까칠하게 나왔다.

"아직 라쿠아가 남았지 않은가."

"혼자 죽어버린 계집의 말을 못 들었느냐? 네놈에게 위해를 끼치지 않을 거라고."

"사실일 수도 있겠지만."

"있겠지만?"

녀석의 목소리가 삐죽 올라갔다.

"아닐 수도 있지."

"뭐?"

"흥분하긴 이르다. 생각해 보거라. 루나가 원하는 건 그네들 종족의 생존이었다. 그리고 그녀는 내 지난 과거의 모든 걸 전부 보았지. 루나는 드래곤을 알고 있었다."

그게 어쨌는데?

흑천마검은 그런 표정이었다.

"블랙 드래곤은 그 세상의 완전한 현신이 되었을 가능성이 있다. 그런 것을 상대하는 건 나와 네가 힘을 합친다고 하도 무척이나 까다롭겠지."

"그러니까 애송이 네놈 말은, 그 계집이 너를 빨리 보내버려 죽어버리길 바랬다는 말이냐?"

"가정일 뿐."

"웃길 뿐."

흑천마검이 맞받아쳤다.

"성(星) 마루스로 떠나는 건, 라쿠아를 만나고 난 다음이다. 맹세하지."

"영악한 그년은 꽁꽁 숨어 버렸다."

"한없이 시간이 느린 이 영역 속에서 그녀를 찾을 것이다."

미친놈.

흑천마검의 얼굴에 싸늘한 비웃음이 스치고 지나갔다.

안다.

그것이 얼마나 단순하고도 무식한 계획인지. 하지만 해야만 하는 일이다.

"……네놈 멋대로 하거라."

"고맙군."

"단, 나를 말동무 삼을 생각은 추호만큼도 하지 말거라. 이 몸은 잠에 들 것이다. 그 지루하기만 한 세월을 네놈과 함께할 생각 또한, 추호만큼도 없으니."

*　　　*　　　*

극한의 시간대에서도 시간은 흐른다.

그 흐름이 너무나 느려서 정지된 것처럼 보일 뿐이지, 결국 달이 지고 해가 뜨는 무렵이 온다.

그렇듯 구름 속에 잠겨 명색만 띄고 있던 만월(彎月)은 오래전에 사라졌다. 영원히 그 자리에 있을 것만 같았던 그것은 차츰차츰 빛을 잃어가더니, 동녘의 햇빛에 완전히 가려진 것이다.

그 무렵.

기대를 가지고 지존천실을 다시 찾았다.

이번에야말로 눈을 뜬 영아를 볼 수 있을지도 모르겠다 생각했지만, 영아의 두 눈은 언제나처럼 가만히 닫혀 있을 뿐이었다.

생각해 보면 성 마루스에서 보냈던 고독한 세월의 반도 지나지 않은 세월들이나, 힘들기로는 당시보다 더 심했다. 아니, 분명히 그랬다.

그들을 보고 싶을 때 언제든 볼 수 있지만, 나 외에는 모두가 영면(永眠)에 빠져 있었으니까.

보는 걸로 만은 안식이 없다.

그네들의 목소리, 그것도 아니라면 살아있는 숨소리라도 닿아야 했다.

누가 날 몰아붙이고 있는 것도 아닌데.

지금도 여기에 있다.

끝까지 극한의 시간대를 계속 유지할 수밖에 없는 이유는, 한번 빠져나갔다 돌아오면 다시 이 영역으로 들어올 엄두가 나지 않기 때문이었다.

초기의 목적.

모래시계로 시작되었던 후회와 번민 그리고 그날의 다짐은 생각을 거듭해야만 겨우 생각나는 수준에 불과해졌다.

그날을 생각하다 보면 쓴웃음만 날 뿐이다. 어느덧 강렬했던 그날을 망각해 버린다. 그러다 또 언젠가는 똑같은 후회와 번민으로 제자리걸음뿐이겠지.

지금은 어느 날부터 라쿠아를 찾고 있었기 때문에, 그래왔기 때문에, 앞으로도 그래야만 하기에, 맹목적인 나날들을 보내오는 것밖에 하지 않았다.

기계와 다르지 않는 삶.

더는 버틸 수가 없었다.

흑천마검은 아무리 불러도 나를 비웃듯이 대답이 없고, 간악한 망령을 깨워봤자 원통하다는 말밖에 하는 것이 없다.

여기까지가 한계였다.

라쿠아를 찾는 것을 포기해야 한다. 나는 쉬어야만 한다.

정신이 붕괴되어 버리기 전에 말이다.

포기하기로 마음먹은 순간, 너무도 기뻐서 심장이 쿵쿵 뛰었다.

아니나 다를까.

불쾌하기만 한 날 선 감각을 풀어버리고 나자, 잡음에 불과했던 조각난 소리들이 숭고한 하나로 뭉쳐졌다.

쌔액. 쌔액.

잠든 영아의 숨소리다.

나는 감격에 사무쳐서 흡 하고 튀어나오는 소리를 한 손으로 급히 막았다.


*　　　*　　　*


어둠 구석 한곳에 쭈그리고 앉아 있는 시간이 길어졌다.

이윽고 해는 완전히 떴다.

차양을 넘어선 햇볕이 잠든 두 여자의 얼굴 위로 쏟아질 무렵. 뒤척거리던 설아가 눈을 비비며 내 쪽으로 고개를 돌렸다.

"밤새 거기에 계셨던 거예요?"

설아가 기분 좋은 목소리로 물었다. 햇살 아래에서 나른하게 기지개를 펴야할 그녀였으나, 놀란 눈을 부릅뜨며 침대에서 내려왔다.

"무슨 일이에요? 예?"

순간 튀어 오른 설아의 목소리에, 영아도 잠에서 깨며 울음을 터트렸다.

나는 조용히 몸을 일으켜 영아를 품에 안았다.

영아의 칭얼거리는 울음소리가 귓가에서 무척이나 가까웠다. 등을 쓰다듬어 주고, 눈가에 달라붙어 있는 머리카락들을 떼어줬다.

잠시 후에야 영아의 칭얼거림이 멎었다. 사랑스러운 것.

그때도 설아는 걱정스러운 얼굴로 나를 바라보고만 있었다. 내 심장에서부터 흘러나오고 있을 암흑의 기운이 보이기라도 한 듯, 지금의 내 심정을 한눈에 꿰뚫어 보고 있는 것이다.

"걱정 말거라. 긴 악몽을 꿔서 조금 멍한 것뿐이니까. 그리고 오늘은…… 같이 시장에 가자꾸나."

시장 구경은 설아가 무척 좋아하는 일이지만, 조금도 기뻐하지 않았다.

"공무로 바쁘지 않으신가요?"

"괜찮아."

오늘만큼은.

"사람들로 북적거리는 곳을 가고 싶구나. 너도 여기에서 영아만 돌보느라 많이 힘들지 않느냐. 한 번씩은 바깥 공기를 쐬야지."

설아는 어두운 얼굴로 잠깐 생각에 잠겼다가, 고개를 끄덕였다.


가장 큰 시장이 형성된 곳은 양양이다. 양양은 십시 중에서 유일하게 교도가 아닌 자들에게도 조건부 개방이 되어 있는 곳이다.

대표적인 예로는 본교의 땅에서 사는 사막의 부족민들을 들 수 있다. 그들은 양양에서 생필품들을 구한다. 거기에서 나오는 이문은 그렇게 크지 않지만 대대로 본교는 사막의 부족민들과 공생해 왔다.

그런데 모래가 잔뜩 낀 의복 차림의 그들이 양양을 찾는 이유는, 물론 생필품 때문이기도 하지만 확연히 달라져버린 기후 때문이기도 했다. 사막의 삶이 너무 지치고 힘들 때 혹은 병들었을 때 양양을 찾는다. 마치 내가 두 여자를 찾는 것처럼.

"서역의 물건은 언제 봐도 새롭지 않나요. 교……."

교주님이라고 말하려던 설아는, 교교(姣姣)라고 황급히 말을 바꿨다.

그녀 나름대로 재치 있게 말을 바꾼 것이나, 교교는 연인 사이에 남성이 여성을 부를 때 쓰는 애칭이다. 좌판 주인인 노파가 알 듯 모를 듯한 미소를 지었고, 설아의 두 뺨이 붉게 달아올랐다.

"교교는 어여쁜 이 아이를 두고 말한 거예요. 이상한 생각 마세요."

설아가 제 손을 꽉 붙잡고 있는 영아를 지칭해 말했다.

"그렇구나. 정말 예쁜 아이야."

노파가 그렇게 말하며, 물고기 모양의 작은 장신구를 슬쩍 내밀었다.

영아는 지존천실에서 가지고 나온 봉제인형을 설아에게 건네고, 노파가 내민 장신구를 받아들 만큼 많이 자랐다.

"마음에 드니?"

설아가 물었다.

영아는 고개를 끄덕이면서 의사를 표현했다. 그 모습을 노파가 사랑스럽게 쳐다보며 입을 열었다.

"선물로 주는 거야. 요즘에는 아이를 통 볼 수 없잖아.

다 중원에 있으니."

"하지만 파파(婆婆)."

노파의 관심이 내게로 옮겨졌다.

"자네는 왜 여기에 있는 거냐? 혈산원에 들어간 것이냐? 아니면 허우대만 멀쩡한 것이냐."

영아를 바라보던 노파의 흐뭇한 얼굴이 순간에 정색으로 바뀌었다.

설아 쪽에서 킥, 하고 웃는 소리가 나왔다.

"이 녀석들아. 이게 웃을 일이냐! 공짜로 주겠다는 말은 취소야. 전표(錢票) 넉 장."

"봐주세요. 파파. 이이는 몸이 많이 아파 혈마군에 들 수 없었어요. 이이도 얼마나 많이 속상해하는 일인데요."

평범한 십시의 교도로 가장하는 데 슬슬 능숙해진 설아였다. 설아는 그렇게 말을 하면서도, 품안에서 전표를 꺼내고 있었다.


영아는 지금껏 봐왔던 날 중에서 기분이 제일 좋아 보였다. 작은 양손에 하나씩 좋아하는 물고기 장난감을 다 들고 있기 때문이기도 했지만, 보통 아이들과는 다르게 큰 사람들을 무서워하지 않았다.

영아는 온갖 사람들을 쫓아서 움직였다.

그러다 보니, 우리의 발걸음도 영아가 이끄는 대로 옮겨지기 마련이었다.

시장엔 미처 혈마군에 동참하지 못했던 젊은 치들은 물론이고, 그들만의 문화를 발달시켜온 다양한 부족들이 함께 어우러져 있다.

그중에는 이슬람 제국에서 들어온 이들도 있었다.

이번 영아의 발걸음은 바로 그들, 몇 마리의 낙타만 대동하고 들어온 작은 카라반 쪽이다. 그들을 보자, 설아는 황금 상단이 떠오른 모양이다. 설아는 황금 상단이 들어왔던 그날의 광경을 세세하게 기억하고 있었다.

그날을 이야기하는 설아의 두 눈이 영롱한 보석처럼 보였다.

그러던 갑자기 설아는 황급히 말을 중단하고 앞으로 뛰어갔다. 힘이 넘쳐서 뒤뚱뒤뚱 빨라지는가 싶더니, 결국 넘어져 버린 영아 때문이었다.

영아가 울기 시작했다.

우리가 달래도 소용없었다.

곧 우리는 영아가 울음을 그치지 않는 이유를 눈치챘다.

넘어진 후에 그랬는지, 아니면 벌써 진작에 그랬는지. 어쨌든 영아는 그제야 제 손에서 물고기 장신구가 사라진 걸 알아차린 것 같았다.

"어쩌죠. 영아가 무척 마음에 들어 하는 것 같던데. 똑같은 걸 구할 순 없을 거예요."

"찾아보마."

"제가 찾아볼게요."

"아니야. 여기서 영아와 좀 더 구경하고 있거라."

"구경하긴요. 고집이 어찌나 센지, 한 번 꽂히면 풀어질 때까지 울음을 그치지 않는걸요."

짜증이 조금 섞인 목소리가 사랑스럽게 들린다.

"하면 마술을 보여주마."

"마술요?"

"이 손에서 갑자기 잃어버린 물건이 튀어나오는 마술이지."

내가 말하고도 놀랐다. 이 두 여자 앞에서는 나는 평온을 되찾고 만다. 재미있지도 않은 유머를 순간 떠올리고 만 듯이……

나는 설아에게 오른손을 펴 보인 모습 그대로, 극한의 시간대로 돌입했다.

오랜 세월 내게 악몽을 선사했던 그 영역 안이었다. 활기가 가득했던 시장 안이 금세 죽음의 땅으로 바뀌었다.

어디로 튈 줄 모르는 영아를 쫓아왔던 길들을 되짚어가는데, 의식의 흐름이 전부를 모래시계로 되돌려 버리고자

했던 옛날의 후회까지 자연스럽게 치달았다.

내게 모래시계가 있다면?

항상 후회와 번민을 반복해 온 것처럼, 그리고 인과율에 예속된 것처럼. 어느 시간대에서 영원히 벗어날 수 없을 거란 생각이 들었다. 모래시계는 면죄부가 될 수 없다. 오히려 영원히 지워지지 않을 과오만이 계속 중첩될 뿐이지.

그때.

땅으로만 향해 있던 시선 끝으로, 문득 작은 발 하나가 눈에 걸렸다.

이슬람의 신발을 신은 작은 소녀의 발이었다.

하!

대체 무엇이냐.

그럼 지금까지 전부는…….

극한의 시간대 안에서는 그녀와 대화를 나눌 수 없는바, 바로 감각을 풀어 버렸다. 그리고는 그녀 앞으로 성큼성큼 걸어갔다.

그녀는 마치 내가 여기에 도착할 줄 알았다는 듯이, 그 자리에 우두커니 서 있는 채였다. 왁자지껄한 온 시장의 풍경이 부산히 날아가 버리고, 시선의 중심으로 그녀만이 담기는 순간이었다.

"라쿠아."

그녀의 이름을 불렀다.

"너무 늦었습니다. 당신은 조금 더 일찍 나를 찾아왔어야 했습니다. 지금 여기서 만난 것도 그 인과율에 따라서입니까? 이제야 알겠군요."

"그래 알겠니? 인과율에 순응……."

"아닙니다. 나는 그저 얽매여 있는 겁니다. 당신이라는, 모래시계라는, 인과율이라는 주박에 말입니다."

라쿠아는 무뚝뚝한 얼굴을 갸웃거렸다.

"무슨 말을 하는 건지 모르겠는걸."

나는 얼굴에 내리 앉은 싸늘한 한기를 느꼈다.

"내가 있기에 현실이고, 내가 있기에 존재하는 겁니다. 과거를 바꾼다고 내가 바뀌는 게 아니고, 시간을 무로 지운다고 과오가 지워지는 게 아닙니다. 그럴 리 없습니다. 내가 바뀌지 않는 한, 과거도 미래도 바뀌는 게 없는 겁니다. 인과율 따위가 아니라. 나. 내 선택이 중요한 것이란 말입니다. 당신이 지금까지 내게 가르치려던 게 이것이 아니었습니까?"

"이 무슨 혐오스러운 소리를!"

라쿠아는 일곱 살의 외모로 칠백 살 묵은 요괴의 분노를 순간에 터트렸다.

"기도를 드리든 제물을 올리든, 당신이 받는 '그것'

에게 전하십시오. 목 씻고 기다리라고. 나와 이 녀석이 곧 삼키러 갈 테니까…… 아니군요."

얼굴에 내려앉는 한기가 느껴진다.

"당신을 보낼 수 없을 것 같습니다."

*      *      *

라쿠아는 뿌리 끝까지 신앙이 가득한 무슬림이었다. 두 눈에 서려 있던 분노가 빠르게 가시자마자, 진심으로 죽음을 기쁨으로 여기는 만족한 미소가 만면으로 번지기 시작했다.

"역시 당신은 납득할 줄 알았습니다. 마지막으로 남길 말은 있습니까?"

내가 말했다.

"비스말라(신의 이름으로)."

그녀다운 유언이었으나, 거기에 대고 '신의 뜻이 아닙니다. 당신의 목숨을 거두는 당사자가 누구인지 그 두 눈으로 똑똑히 보십시오.', 라고 항변하고 싶진 않았다.

그것은 내가 그녀에게 보낼 수 있는 최후의 예우였다.

*      *      *

그저 찰나에 부딪친 기운에 심장이 정지된 것이라서, 라쿠아는 어떤 통증을 느낄 새 없이 내 앞으로 쓰러져왔다. 가벼워 보이는 몸과는 다르게 그녀를 받쳐 든 두 팔 위로 진득한 무게감이 느껴졌다.

장례만큼은 그녀의 믿음대로 해 주고 싶었다.

나는 주변의 이목이 집중되기 전에 서둘러 움직였다.

설아와 영아는 이슬람에서 온 카라반으로 가는 길목에 있었다.

— 설아야. 마술을 보여주지 못해서 미안하구나. 내 일이 갑자기 생겼으니, 지존천실로 돌아가 있거라.

지나치면서 전음을 보낸 다음, 카라반으로 향했다.

카라반 일행들의 의구심 짙은 눈길이 자연스럽게 내게 쏠렸다.

아직 어린 여아, 뿐만 아니라 같은 이슬람 겨레가 장정의 품에 축 늘어져 안겨 있기 때문이다.

"샤리프(sharif:우두머리)가 누구인가?"

이슬람의 말로 물었다.

시장을 돌면서 본 몇 개의 카라반 중에 이들의 규모가 가장 큰 만큼, 이십여 명에 가까운 이슬람 사내들이 나를 둘러쌌다.

하지만 다른 곳도 아닌, 본교의 시내라서 그들은 무척이나 신중했다. 점점 적의를 띄기 시작하는 눈빛들과는 달리 말들을 아낀다.

그러던 중에 한 사내가 사람들 틈을 비집고 나왔다.

"설마 그 아이…… 죽었습니까?"

그가 샤리프였다.

그의 등장과 함께, 다들 참고 있던 말들을 나누기 시작했다. 당연히 안 좋은 소리가 많다.

"이름이?"

"아말룬."

아말룬은 그렇게만 뇌까리며, 라쿠아를 빼앗다시피 받아 갔다.

"너희들 중에 이 아이를 아는 이가 있는지 알아보고, 장례도 준비하거라."

"당신은 누구입니까?"

아말룬은 바로 항의하듯이 물었다.

그의 사람들이 모두 아말룬의 대응에 집중하고 있는 것과는 별개로, 아말룬은 본래 강직한 성품을 지닌 자로 보였다.

외모에서도 성품이 묻어 나온다. 유난스레 길고 오똑한 콧날에서 턱으로 이어지는 뚜렷한 선이나 단련된 체구.

그것이 라쿠아의 육신을 인계한 까닭이었다.

"무슨 소란들이냐!"

유창하지만 본토의 발음과는 확실히 구분되는, 이슬람 언어가 바깥에서 튀어나왔다.

나를 둘러싸고 있던 카라반 사람 모두는 그의 붉은 색 옷을 보고 길을 비켜줬다. 그는 본교의 교도로, 치혈마문이 혈산원으로 통합되며 거기에 배정된 이다.

이곳 양양의 규율관인 교도의 등장에 소란이 바로 사그라들었다. 그래서 아말룬이 내뱉는 목소리가 더 뚜렷하게 들린다.

"한 아이가 죽었습니다. 우리는 소명(疏明)을 요구합니다."

아말룬이 말했다.

"'요구'라 하였느냐?"

교도의 눈초리가 매서워졌다.

"예삿 죽음이 아닙니다. 죽은 아이의 표정을 보십시오."

교도는 아말룬의 말대로, 라쿠아의 얼굴을 가만히 들여다 봤다. 그리고 라쿠아의 온화하면서도 만족한 미소에 매료되고 말았는지, 다른 이들과 함께 좀처럼 눈을 떼지 못했다.

교도는 곧 얼굴을 가까이 대고 코를 킁킁거렸다. 카라반의 상인들처럼 교도 또한, 라쿠아에게 못된 약이 쓰진 것이 아닌지 의심하고 보는 것이었다.

그 누구도 라쿠아의 만면에 걸린 미소가 자연스러운 것이라 생각하지 못한다.

죽음을 기쁨으로 여겨야 하는 독실한 무슬림들의 세계에서 온 이들도, 지금껏 죽은 어떤 이에게서도 이런 미소를 본 적이 없던 거다.

나는 다른 얼굴을 보면 경계하는 영아 때문에 역용 대신에 죽립을 깊게 눌러 쓰고 있었다. 나는 아말룬을 부르며 죽립을 벗었다.

"네 이름이 아말룬이라 하였느냐. 아말룬. 네가 이 소녀의 장례를 맡아 주겠느냐?"

아말룬은 대답하지 못했다.

카라반 상인들 모두가 가장 신경 쓰고 있던 혈산원 교도가 갑자기 넙죽 엎드리는 것으로 모자라, 그들이 알아들을 수 없는 소리를 고래고래 질러댔기 때문이었다.


달빛이 차가워질 무렵, 라쿠아의 염(殮)이 끝났다. 장례가 진행 중인 집 안에서는 그들의 성서를 낭송 중에 있었다.

라쿠아의 시신이 관에 실리고 나서, 때를 기다리고 있던 아말룬이 내게 다가왔다. 그는 그대로 엎드려서 이슬람 세계에서 할 수 있는 최대의 경의를 내게 표했다.

"자애로우신 황제시여. 우리는 당신의 미덕을 영원히 잊지 않을 겁니다."

카라반은 죽음을 곁에 둔다.

때로는 도적에, 때로는 열병에, 때로는 반란에. 특히 대륙 간을 이동하듯 행장의 거리가 멀수록 누군가의 죽음을 피할 길이 없다.

그러나 그들식의 장례가 언제나 되는 건 아니다. 아말룬은 그걸 얘기하고 있었다.

"사인은 조사해 보았느냐?"

"저희들로서도 믿기 힘들었지만, 신께서 데려가신 겁니다."

카라반의 분위기는 부쩍 달라져 있었다. 그네들이 생각할 수 있는 온갖 음탕하고 간악한 죽음이 아니라고 결론 나자, 라쿠아의 미소가 숭고하게 다가왔던 것 같다.

"황제께서 분부하신 대로, 황금 열 관이란 대단한 포상금을 내걸어도 나서는 이가 아무도 없는 것으로 보면, 이 아이는 정말 신께서 우리에게 보내신 아이인 모양입니다."

아말룬은 그쯤에서 하얀 천에 싼 조그마한 물건을 꺼냈다.

"그리고…… 유품은 이것 하나뿐이었습니다."

그것은 영아가 잃어버렸던 물고기 모양의 장신구였다.

그때 유리알로 만들어진 눈알 부분이 비스듬히 쳐들어온 달빛에 반짝였는데, 나는 그것이 라쿠아의 죽음을 애도하는 눈물처럼 보였다.

*　　*　　*

지존천실로 돌아와서 잠든 영아를 두고 설아와 시간을 보내고 있었다.

"오늘은 무척 힘들어 보이세요."

설아가 나를 그렇게 보는 데는, 꼭 라쿠아 때문만은 아니었다.

성 마루스는 정말로 예측불허다. 흑천마검이 미끼로 던졌던 인과율의 조각을 블랙 드래곤이 흡수했다면 그것만으로도 벌써 그 세계의 인과율 현신 다섯 개 중 네 개가 하나가 된 것이다.

그런데 내가 없이 흘러간 시간 동안, 블랙 드래곤이 나머지 한 개마저도 융합해 버렸을 가정도 해야만 한다.

모래시계는 지나온 시간들을 무(無)로 돌릴 수 있었다. 만일 블랙 드래곤이 완전한 하나의 인과율 현신으로 변모하였다면, 모래시계와 같은 능력을 마음대로 행할 수 있지는 않을까?

내가 우려하는 건, 블랙 드래곤이 정말로 그럴 수가 있어 우리가 난입하자마자 많은 시간들을 무로 돌릴 때였다.

예컨대 우리가 성 마루스에 없던 시간으로 되돌려버린다면, 우리는 공허로 떨어지고 만다.

공허로 떨어진다 한들, 중원으로 돌아오는 길은 간악한 망령의 자극을 쫓으면 되니 문제가 될 게 없다지만…….

다시 성 마루스에 난입한 이후부터 계속 그 일이 반복될 수가 있었다.

블랙 드래곤이 완전한 인과율의 현신이 되었다면 이 싸움은 불가능하다.

이제는 정말로 떠나 직접 부딪쳐야 할 때!

나는 설아와 덮고 있던 한 이불 속에서 천천히 빠져나왔다. 설아의 걱정스런 시선도 자연히 나를 따라왔다.

"흑웅혈마는……."

"예?"

"흑웅혈마는 국무로 매우 바쁘니, 홍의(紅衣)와 가마는 누구에게 보내는 게 좋겠느냐?"

"네?"

설아의 동공이 흔들렸다. 그리고 곧 내 말뜻이 무엇인지 알아차리고는, 비스듬히 일으키고 있던 몸에 벌떡 힘을 줬다.

"생각해 둔 사람이 있느냐? 아니면 네게 보내야 할까?"

"교주님?"

"나오지 말고 편히 쉬거라. 내일 네게 홍의와 가마를 보내마."

문을 열고 나가려던 순간, 빠른 발걸음 소리와 함께 내 등을 와락 껴안는 온기가 있었다.

"잠, 잠시만요."

설아의 목소리가 유난히 떨렸다. 울음을 꾹 참으려 하는 것 같지만, 등에 닿고 마는 설아의 눈물이 얇은 옷 안으로 배어 들어온다.

"이대로 잠시만요."

결국 목소리에 울음이 섞였다. 설아는 그 작은 몸과 힘으로는 그녀를 향해 돌아서는 나를 막아 낼 재간이 없었다. 나는 설아의 두 눈에서 흐르는 눈물을 두 엄지손가락으로 쓱 밀어내며 말했다.

"아무리 과년(瓜年)했다고, 그리도 좋아하면 사람들이 흉본다."

내 농담은 성공하지 않았다.

설아는 내 가슴에 얼굴을 파묻은 채로, 영아가 옹알이를 하듯이 알아듣지 말로 어떤 말을 끊임없이 중얼거렸다.

나는 고개 숙인 설아를 영아 곁에 조심히 내려놓고서 말했다.

"쉬이이이……. 누가 보면 하늘이 무너지는 줄 알겠구나."

발걸음을 옮겼다.

"여, 여기는 걱정 마셔요! 여기는 걱정 마셔요!"

문이 닫힐세라. 설아의 목소리가 빠르게 등에 닿았다. 설아가 계속 중얼거리던 말이 바로 그것이겠구나 싶었다.


침소에서는 길쭉한 형체가 어둠 속에서 나를 기다리고 있었다. 시장에 가면서 놓고 갔던 녀석이었으나, 이제 가야 할 시간이라는 걸 본능적으로 직감했는지 동면에서 깨어나 있었다.

"라쿠아는 오늘 이 세상을 떠났다."

녀석에게는 라쿠아의 죽음을 사실대로 알려줘야만 했다. 인과율에서 벗어나고 나면 라쿠아를 모욕하겠다고 했던 녀석이었으니까.

그런데 흑천마검은 이미 라쿠아의 죽음을 알고 있는 눈치였다.

"지금 중요한 건 그 쥐방울 같은 년이 아니지 않느냐. 사냥에 나설 시간이다. 애송이."

그러면서 흑천마검은 친절하게도, 백운신검 파편이 담긴 철함을 손가락으로 가리켰다.

"저걸 가지고 가면 중원의 시간은 흐르지 않을 것이다."

녀석이 묻기도 전에 대답했다. 녀석은 흥분한 기색만큼이나 서두르고 있었다.

철함을 등에 메고, 오늘을 위해 준비해 두었던 사슬을 칭칭 감았다. 철동에 주문하여 만년한철로 만든 사슬이다. 물론 그대로라면 드래곤 같은 대단한 인외 존재들 앞에서는 무용지물이지만, 이 몸의 가공할 공력이 서리면 이야기는 달라진다.

나는 시공을 가르려는 흑천마검의 손짓을 보고, 황급히 외쳤다.

"잠깐!"

찰나의 순간이라도, 성 마루스와 시공의 틈이 열려버리는 일은 없어야겠지. 그제야 흑천마검이 납득하고선 검형으로 돌아갔다. 나는 그런 흑천마검을 손에 쥐고 공력을 흘려보냈다. 오랜만에 시공의 틈을 갈라서가 아닌, 아주 옛날의 방법을 통해서다.

푸른 빛무리가 쏟아져 들어오기 시작한다.

**쏴악!**

제7장

일거(一擧)에

거대한 활엽수들이 하늘을 가리고 있었다. 먼발치로 보이는 햇볕이 내리쬐는 세상과는 다르게, 진한 그늘이 드리운 여기는 언제나 밤일 것이다.

그런데 이 광경이 낯설지 않았다. 한 번 와 본 적이 있었다.

언제였더라.

가까스로 기억해 냈다.

포화 속에서 탈인지경을 이룬 직후, 흑천마검이 나를 습격했던 적이 있었다. 그때 흑천마검에게서 파편을 떼어내성 마루스로 도망칠 수 있었는데, 이동된 곳이 바로 이 숲이었다.

어쨌거나 이동된 장소는 조금도 중요하지 않다.

내 손에 쥐어져 있는 흑천마검은 보란 듯이 제 존재를 드러내고 있었고, 나도 기운을 감추지 않는 중이었다.

그런데도 숲은 통 조용하기만 했다. 우리가 기대했던, 거대한 우주 괴물이 공간을 가르며 나오는 일은 없었다.

"공허로 떨어지지 않는 걸 다행으로 여겨야 하는 것인가. 엘라는……."

나는 그렇게 중얼거리며 흑천마검을 허공에 휘둘렀다.

엘라의 총단을 향해서였다.

검의 뾰족한 끝이 그어지는 궤적을 따라, 공간 또한 메스에 절개되는 개구리 복부처럼 벌어지며 피 냄새를 뿜어냈다.

무던히도 흩어지는 선천진기들이야말로, 내게는 진짜 피 냄새였다. 그 어떤 비명과 온갖 방법으로 죽어 버린 병사들의 모습보다도 더 분명한 죽음의 냄새다.

저 안에서는 벌써 아찔할 만큼, 많은 사람들이 죽어 나가고 있다.

엘라의 풍요로웠던 농토에는 죽은 병사들이 너저분했고, 그렇게 높았던 성벽은 한쪽이 뚫려 공격자들이 밀물처럼 쏟아져 들어가고 있었다. 거기에 더불어 행성 간 이동 기

체, 프레치아들이 총단에 폭격하면서 일으켰을 거친 불길
들이 그곳을 지옥도(地獄道)의 한 장면으로 만들고 있었다.

전투는 성벽 안에서도 바깥에서도, 온갖 군데에서 동시
다발적으로 벌어지고 있는 중이었다.

이 전투만으로 엘라의 땅은 그 승패에 관계없이 죽음의
땅으로 변할 수밖에 없는 지경에 이르렀다. 피가 대지에
스며들고, 거친 불길이 그동안 쌓아올린 모든 문물을 집어
삼키고 말 테니까.

가슴이 아팠다.

쓰윽.

공간의 틈 안으로 들어가는 시점에서.

무간지옥(無間地獄)의 고통으로 울부짖는 소리들이 쪼개
졌다.

그 사람들의 심장을 향해 내찔러진 창끝도 멈췄다. 멀리
서 병사들의 호위 안에서 눈을 뒤집어 깐 채, 마법 주문을
외우고 있는 마법사들의 입술도 움직이지 않는다.

어째서 성 마루스의 온갖 왕국과 가문들이, 행성을 넘어
서까지 엘라의 총단을 공격하고 있는 것인가. 그리고 성 라
이제의 왕국들은 왜 엘라의 총단을 돕지 않는 것인가.

왜 엘라의 총단은 외톨이가 되었나!

나는 속으로 외쳤다.

다행히 본성은 함락되기 일보 직전, 아직 그 안은 공격받지 않았다.

나는 엘라가 살아있길 바라며 서둘러 움직였다. 보이지만 않을 뿐이지, 운무(雲霧)처럼 자욱한 죽은 자들의 기운을 뚫으며 본성 안으로 들어갔다.

대모의 방 앞.

그녀의 딸들과 그 딸들의 카이파들이 필사(必死)의 표정들로 문을 지키고 있었다.

문을 열고 안으로 들어갔다.

그리고 어떤 존재에게 이 감사한 마음을 전해야 할지 종잡을 수 없었다. 침대 장막 위로 엘라가 비스듬히 누워있는 그림자가 보이기 이전에 먼저, 비록 노쇠해도 어떻게든 움직이는 그녀의 진기가 느껴졌기 때문이었다.

휘잉.

내 몸에서 불어나간 바람이 장막을 걷어 냈다. 정말 엘라였다.

머릿속이 새하애졌다. 그리고 어느새 나는 엘라의 몸을 끌어안고 있었다. 골격 하나하나가 다 느껴질 정도로 몹시 앙상한 엘라는 조금만 힘을 주어도 분질러질 것이라, 아주 조심히 내려놓고서 이마에 입술을 맞췄다. 검버섯과 주름이 자글자글한 그 이마가, 나는 루나의 청초한 이마보다 더 아름다워 보였다.

하지만 감정의 격류에 온몸을 내맡기에는 우리가 여기에 온 이유가 있었다.

나는 이유를 다시 상기하며 흑천마검을 향해 말했다.

"흑천마검. 이 세상에 온 이상, 내 곁을 떠나지 말아라."

흑천마검은 자존심이 상할 수밖에 없었는지, 대꾸하지 않았다.

엘라는 죽지 않고 나를 기다리고 있었다. 우리는 곧 대화를 나눌 수 있으리라.

나는 폭발하려는 마음을 뒤켠으로 밀어내면서 바깥으로 나왔다.

전장.

죽고 죽이기 위해 발악하는 땅. 잘려진 사지들이 허공에 떠 있고, 거기에서 뿜어진 핏물도 끈적한 궤적을 그리는 땅이다.

나는 전장을 한눈에 담을 수 있는 하늘로 올라와서, 흑천마검에게 재차 말했다.

"나도 경계하겠지만, 네게도 부탁하마. 드래곤이 나타나면 우리는 하나가 되어야 한다. 한 번의 싸움으로 끝내자꾸나."

흑천마검은 고개만 한 번 끄덕였다. 그러나 그럴 필요

없이도, 녀석은 반드시 약속을 지키라는 경고를 노려보는 두 눈 시선으로 강렬히 보냈다.

천천히 움직였다.

엘라의 사람들과 적들을 구분하는 건 무척이나 쉬운 일이었다. 어떻게든 가문이나 왕국의 문장을 박아 둔 자들은 전부 적이다.

정리해야 할 지역을 크게 동서남북, 네 부분으로 나누어 생각했다.

물론 작업에 착수하기 전에 해야 할 일이 있었다.

수용소를 만들 부분에 있던 사람들을 한쪽으로 치워냈다. 그리고 내 시선이 닿은 중심에서부터 흙더미들이 중력을 역행하고 올라온다.

기어서는 결코 올라올 수 없는 깊이에 일만 명이 넘는 인원을 수용할 수 있는 크기. 구덩이는 거대한 운석구와 다름없어졌다.

한데 마법왕국 스타리움에서 보내진 마법사들이나 후천진기를 수련한 기사들을 위한 수용소는 따로 만들어야 했다.

여기서 그들 모두의 목숨을 빼앗을 게 아니라면, 기막(氣膜)은 그리 효과적이지 않다. 지각층에 존재하는 암석들로 수용 공간을 만들어, 물리적인 통제를 가하는 것이 마땅하다.

암석이 깊은 지하에서 뽑혀 나오는 순간, 대지가 뒤집어졌다.

두께나 크기가 크게 다듬을 필요 없이 실로 거대하다. 그저 그 안에 기사와 마법사들을 수용할 수 있는 공간을 뚫어놓기만 하면 됐다.

일반 병사보다 마법사와 기사는 특정하기가 손쉬웠다. 그들의 후천진기와 심장에 만들어진 고리가 그들을 한 그룹으로 묶어주기 때문이다. 더욱이 그들은 범부(凡夫)들과는 달리, 극한의 시간대를 어느 정도까지는 견딜 수가 있지 않은가.

다만, 공격 주문을 외우고 있던 마법사들만큼은 적지 않은 충격이 예상된다.

내가 기운을 일으킨 시점으로, 사방의 전투지에서 기사와 마법사들만 특정돼서 하늘로 올라오기 시작했다. 그들은 규칙 없이, 그들을 위해 준비된 수용소로 빨려 들어갔다.

그리고 마찬가지로 거대한 암석으로 입구를 봉인했다. 수용소는 마치 알과 같아, 성 마루스의 기사와 마법사들이 그 안에 품어진 것이다.

단 한 명.

이들의 총사령관쯤으로 여겨지는 사내만큼은 남겨 두었다. 그는 저 먼 고지에서, 군기(軍旗)가 세워진 의자에 앉아 전황을 지켜보고 있었다.

이제 다수를 차지하고 있는 일반 병사들의 차례다. 그들은 극한의 시간대를 버틸 수 없기에, 나는 날 선 감각을 풀었다.

그때 적군의 총사령관은 내 옆에 있었다. 조각났던 온갖 소리들이 다시 제대로 된 소리로 귀청을 때렸다. 총사령관의 고함도 함께 나왔지만, 대지가 뒤엎어졌을 때의 충격음에 묻혔다.

총사령관은 넘어지기 무섭게, 다시 소리를 냈다.

"아압!"

그는 제법 숙련된 기사였다.

갑자기 바뀐 광경이나 굉음에 놀랄 수밖에 없지만, 제 옆에 뜬금없이 서 있는 정체불명의 남자를 향해 검부터 휘둘렀다. 여기는 전장이니까. 그는 본능대로, 그간 수련해 온대로 움직였다.

힘차게 밀고 나오는 힘이 강렬한 검. 밀레즈를 연상케 한다.

하지만 그 검이 이 목에 닿기도 전에 뚝 멎었다.

그것은 비단 그에게만 일어난 일이 아니다.

이 일대는 이미 내 영역이 되어 있었다. 극한의 시간대에서 벗어나기 전에 퍼트려 놓았던 기운이 전장 전체에 아니 스며든 곳이 없다.

적아 구분 없이, 모든 사람들의 전신이 동시에 푹 꺼졌다.

병기를 쥘 힘이 없을 것이다. 일어서려고 해도 보이지 않는 힘이 그들을 짓누른다. 어떤 소리를 터트리는 것도 더는 허락되지 않았다.

나를 혼란스러운 표정으로 보고 있던 총사령관의 얼굴이 곧 경악으로 바뀌었다. 그의 망막에 사방에서 떠오르는 병사들의 모습이 맺혔다.

빠르게 구덩이로 던져지다시피 했다가, 구덩이 안으로 떨어지는 순간에서는 깃털처럼 가벼이 추락한다.

대지에 발을 붙이고 남아 있는 사람들은, 전부 그의 사람이 아니었다.

총사령관은 이런 세상을 겪은 적은 물론이거니와 들은 적도 없었다. 그는 제 몸을 강제하는 힘보다도, 그 앞에 펼쳐진 경이로운 광경에 넋이 나갔다. 이제 그의 망막에 맺혀 있는 상(象)들 중에서 서 있는 사람은 오로지 나뿐이었다.

그에게 시선을 내려트리는 내 모습이, 파문 속에서 흔들려 보인다.

"전쟁은 끝났다."

내가 말했다.

총사령관은 눈만 깜박거렸다.

나는 그를 대동하고서 엘라를 향해 날아갔다. 날아가는 도중에 그는 거대한 구덩이 속에서 우글거리는 그의 병사들을 볼 수밖에 없었다. 또 난데없이 거대한 존재감을 자랑하며 나타난 거대 암석이, 왜 거기에 자리하고 있는지도 알아차린 것 같았다.

미약하게나마, 그 안에서 바둥거리는 기운들을 느꼈을 테니까.

지나가는 길에 마주치는 사람들은 모두 무릎이 꿇려있었다. 엘라의 방 앞을 지키고 있던 그녀의 딸들도 그렇다.

바깥의 사정 모를 그네들은, 나와 총사령관을 보고 두 눈으로 비명을 질러 댔다.

안 돼! 안되에에!

내가 문을 열고 갈 때, 그네들의 강렬한 감정들이 끈쩍끈적하게 등 뒤로 달라붙어 댄다.

나는 총사령관을 구석에 던져버리고서 엘라를 향해 걸어갔다.

이미 장막을 걷어 놓은 이후라서, 엘라는 자신 쪽으로 걸어오는 나를 훤히 볼 수 있었다. 엘라의 주름 자글한 노쇠한 눈에 비로소 미소가 스며든다.

"내가 너무 늦었구나."

내가 말했다.

말을 하지 못할 만큼, 그간 더 늙어버렸기 때문일 것이다.

엘라의 진심 어린 의념에 나는 고개가 숙여졌다.

— 아닙니다. 늦지 않으셨어요.

＊　　＊　　＊

엘라는 전란이 휩쓸고 간 제 땅을 직접 보길 원했다. 나는 잠깐 고민하다가 그녀를 조심히 안아 들었다. 어린아이를 안은 것처럼 너무나 가볍다. 쌕쌕, 거친 숨소리도 좋지 않았다.

그런데 엘라가 쇠약한 이유는 선천진기의 영향 때문이지, 어떤 병마(病魔)에 시달리는 것이 아니라서 내가 해줄수 있는 게 없었다. 그녀의 바람을 들어주는 것밖에는.

엘라를 안고서 방에서 나왔다.

나오는 순간에 엘라가 그녀의 딸들에게 귀띔을 한 게 분명한 것이, 원통함에 사무쳤던 그네들의 얼굴 위로 만감이 교차하기 시작했다.

어쩌지 못하는 것을 알면서도 내 기운에 몸부림치고 있던 그네들이었다.

그중에 아가사가 없는 것까지 확인하고서 발코니로 향했다.

바깥의 광경이 드러나는 그곳과의 거리가 좁혀질수록, 엘라의 얼굴에는 서서히 두려운 마음이 깃들어 갔다. 나는 몸을 떠는 엘라를 내 품 안으로 더 끌어당기며, 발코니로 들어갔다.

지금이라도 극한의 시간대로 돌입해서, 시신들을 모두 불태울까 생각도 했다. 하지만 한 군주의 바람을 모욕하는 일이고, 누군가는 제 부모나 자식의 시신을 직접 수습하길 원할 것이다.

곧 엘라는 악마의 숨결이 닿았던 제 땅과 마주했다.

— 어려운 환경에서도 선량한 마음이 변치 않는 이들이었지요. 그들이야말로 강한 사람들이었습니다.

엘라는 이번 전란으로 희생된 그녀의 백성들을 애도했다.

총단의 제자들도 많이 희생됐지만, 죽은 다수는 농기구 대신 병기를 들 수밖에 없었던 양민들로 구성되어 있었다.

모든 것이 내 기운에 잠긴 고요한 영역 안에서, 엘라는 한참 동안 피로 물든 대지를 바라봤다. 어느새 그녀의 만면으로 스며든 후회와 번민이, 나는 그렇게 낯설지가 않았다.

"가슴에 담기는 것이야 어쩔 수 없는 일이건만, 얽매이지는 말거라. 하루라도 더 살아, 죽어간 네 사람들을 위해 무엇을 해 줄지……."

엘라가 나를 쳐다봤다.

"그것만 생각하거라. 예컨대, 성 마루스의 부유한 가문과 왕국들이 참전한 것 같더구나."

우리는 커다란 존재감으로 우뚝 자리해 있는 거대 암석으로 고개를 돌렸다.

"누구는 그들의 혈족일 것이고, 누구는 기수 가문의 수장이겠지. 포로의 가치를 제대로 평가할 수 있는 전문가들이 있다. 그들을 부르거라."

나는 엘라가 내 전철을 밟을까, 그녀도 모르지 않을 이야기를 구태여 언급했다.

그런데 왜인지 엘라의 입가에 희미한 미소가 떠올랐다가 사라졌다. 그때 엘라가 내 품 안으로 더 깊숙이 몸을 맡겼다.

— 다행입니다. 주인님.

안다.

내가 돌아온 것이 다행이라는 뜻으로 말한 게 아니라는 것을 말이다.

*　　　*　　　*

전후 처리가 한창이다.

적군의 시신을 불태우는 연기가 온 하늘을 뒤덮고, 부

모의 배 위에 얼굴을 파묻어 엉엉 울어대는 아이들의 곡소리가 어디에나 들린다. 거기에는 승리의 기쁨과 기적을 본 환열(歡悅)이 조금도 없었다.

나는 창밖을 바라보고 있던 고개를 침상 쪽으로 돌렸다. 잠깐 바깥바람을 쐤던 것이 엘라에게는 그리도 힘든 일이었다.

조금이나마 활력이 돌아오려면 그녀는 더 많이 잘 필요가 있었다.

엘라를 깨우는 대신에, 문밖에서 기웃거리고 있던 딸들에게 손짓했다. 그제야 기다렸듯이 한꺼번에 들어왔다.

하나같이 엘라의 아름다운 외모를 빼닮은 그녀들은, 엘라의 침상 아래에 무릎을 꿇고 앉아 엘라의 상태부터 살폈다. 그런 다음 무릎을 꿇은 자세 그대로 방향만 내 쪽으로 돌렸다.

"에나입니다."

"아리나입니다."

"그리시나입니다."

"이티아입니다."

한 명씩 제 이름을 밝혔다.

"에나는 따라 나오거라."

에나의 이름은 마루스, 라이제 두 행성 전역에 널리 알

236 마검왕

려져 있다. 그녀가 엘라의 많은 딸들 중에 장녀이며, 수련의 깊이 또한 가장 높았다.

에나는 소리 내지 않는 공손한 몸가짐으로 일어났다. 나는 그녀에게 조용히 대화를 나눌 수 있는 장소를 요구했다.

그 방은 신성한 의식을 치루기에 마땅히 꾸며져 있었다. 창 하나 없이 몇 개의 은은한 촛불 빛이 밝히고 있었다. 하긴, 할라 수련실이야말로 가장 비밀스러운 장소가 될 수 있겠구나 싶었다.

이번에도 에나는 방문을 닫을 때나, 걸쇠를 걸 때도 소리 나지 않게 조심했다.

"내가 누구인지 궁금하겠지. 엘라는 아주 오래전에 나의 여자였다. 너희들이 태어나기도 전의 일이지. 네게 몇 가질 물을 것이다. 아는 대로만 대답하면 되니, 긴장할 것 없다."

"그런데……."

에나는 뭔가를 물으려다가 입술을 닫았다.

그녀가 품고 있을 의문이야, 일거에 전쟁을 종결시켜 버린 내 힘에 대한 것일 테지.

하지만 에나는 결국 판도라의 상자를 열지 않기로 한 것 같았다.

"오늘이 공통력 몇 년인가?"

내 목소리가 갑자기 찾아온 정적을 깨며 나왔다.

"545년입니다."

블랙 드래곤에게 거의 죽임을 당해 쫓겨났던 해가 544년 가을이었다. 그리고 지금은 545년의 초여름이고.

그것만으로는 시간의 흐름을 추정할 수가 없어서 날짜를 되물었다.

그렇게 알 수 있었다.

백운신검이 핏덩이가 된 옥제황월과 함께 되돌아온 날 이후로는 시간이 흐르지 않았다.

흑천마검과 백운신검이 없는 세상에서는, 시간이 흐르지 않는다는 기존의 법칙이 어긋나지 않은 것이다.

그건 희소식이다.

지금껏 그러한 법칙이 어긋났던 적이 없었다. 물론 시공의 틈이 비(非) 정상적으로 닫히는 바람에, 이곳의 시간만 급격히 흘렀던 적이 있기는 했어도 말이다.

하지만 드래곤과 마계의 존재가 그 법칙에 어떤 영향을 끼칠 수 있을 거란 불길한 생각을 지울 수가 없어 왔다.

비로소 한시름 덜었다.

자연체의 경지에 이르러서도, 시간의 흐름을 통제할 수 있다는 공능은 그 무엇과 비견될 것이 없는 무기가 될 수 있기 때문이다.

— 애송아.

문득, 조용히만 있던 흑천마검이 끼어들었다. 나는 녀석이 무슨 말을 할지 바로 알아차렸다.

법칙이 깨지지 않았다는 것은, 바로 오늘이 백운신검이 넘어온 날이 되는 것이니까.

즉, 백운신검이 드래곤의 속박에서 벗어남과 동시에 죽음을 맞이한 그날이다.

내가 말했다.

— 어디선가 큰 싸움이 있었다. 그래서 블랙 드래곤이 우리에게 오지 못했던 것이다.

그로부터 반나절이 흘렀다. 그러나 극한의 시간대 안에서는 얼마든지 지극히 오랜 세월로 변할 수가 있는 시간이기도 했다.

라쿠아를 찾아 이슬람 땅을 헤매던 시간도 반나절에 불과했었다. 그렇지만 정말이지 영원(永遠)과도 같았던 세월이었다.

— 그런데 아직도 나타나지 않은 것을 보면, 스스로 우리 앞에 모습을 드러낼 생각은 없는 것 같군. 이건 좋지 않아.

나는 거기까지 흑천마검에게 전한 다음, 에나에게 다음 질문을 던졌다.

"성 마루스에 번졌던 전쟁은 어떻게 되었나? 544년 가을. 황제 카를이 신생 제국 아라냐를 치러 바다를 건넌 것까지는 알고 있다. 그 후를 묻는 것이다. 카를은 그 전쟁에서 패배하였는가. 승리하였는가?"

"대패하였습니다."

"탑외인들이 참전했기 때문이겠지?"

"……예."

"대패한 카를의 분노는 마법왕국 스타리움으로 향했는가?"

"그, 그렇습니다."

에나는 새삼 놀랍다는 기색을 감추지 못했다. 반면에 내 미간의 골은 더 깊어졌다.

이 세상 사람 누구도 모른다. 사방 군데로 전쟁을 일으키고 다니는 황제 카를도, 마족인 오로레의 손안에서 놀아나고 있다는 사실을 말이다.

엘라에게 돌려줄 젊음을 두고, 오로레와 나눴던 대화들이 주마등처럼 스쳐 지나갔다.

"우리는 파편에 그분의 의지를 심어둘 수 있었습니다. 우리의 의도대로 변질된 파편들이 조각으로 완성된 것을 생각해 보십시오. 그렇게 새로이 창조된 자아를 말입니다."

"변질된 조각에 대해 말씀 드렸습니다. 이를테면 드래곤에게 그것은 독약입니다. 하나로 받아들인 순간, 드래곤이 감당할 수 없는 새로운 자아가 몸 안에 퍼져 버릴 테니까요. 그것이 다른 자아를 소멸시키고, 스스로도 소멸되는 것으로. 우리는 모래시계를 만들어 낼 것입니다."

"시간을 되돌려야만 하는 이유는 무엇이지?"

"문을 파괴할 수 있는 방법이 존재하지 않기 때문입니다. 열 수는 있지만 말이지요."

"그때부터 영원히 뚫려 있는다면?"

"비로소 우리의 신께서 이 세상을 주관하시게 될 겁니다."

오로레의 목적은 크게 두 가지였다.

하나는 마계의 문을 열어 마신의 의지가 이 세상에 조금 더 깊숙이 침투할 수 있도록 하는 것이고, 다른 하나는 인과율 파편들이 하나로 합쳐지기 이전에 변질시켜 두는 것이었다.

당시에 나는 오로레의 계획에 공조하고 있었다.

황제 카를이 신생 제국 아라냐에게 대패하고, 그 분노를 협조가 미약했던 마법 왕국 스타리움으로 돌렸을 때.

나 또한 용병 필로의 몸으로 전쟁에 합류하여 마계의 문을 열기로 했었다. 그것은 드래곤의 감시를 피해 마계의 문을 열 수 있는 유일한 방법이었으니까.

내가 오로레와 공조를 이룬 까닭도 두 가지였다.

이 세상이 마신의 의지로 충만해진다 해도, 사람들의 삶에는 달라지는 것이 아무것도 없는 '인외(人外)의 영역'일 뿐이기 때문이었고.

또 다른 하나는 마계의 문을 열어야 한다는 오로레의 목적과 엘라의 젊음을 돌려줘야 하는 내 목적이 서로 일치했기 때문이었다.

그런데 돌아와서 본 오로레의 계획은 반은 성공 반은 실패였다.

비단 내가 갑자기 이탈해버렸기 때문만은 아닐 것이다.

오로레가 짜놓은 큰 판 안에서는, 황제 카를의 군대가 마법 왕국 스타리움을 점령했어야 했다. 그리고 이탈한 나를 대신하여 다른 누구를 찾던지, 아니면 오로레 본인이 직접 마계의 문을 열었어야 했다.

하지만 오늘 엘라의 총단을 습격한 군대 중에는 마법 왕국 스타리움에서 보내진 마법사들이 있었다. 그네들의 로브에는 스타리움 왕가의 문장이 버젓이 수놓아져 있었다.

황제 카를은 마법 왕국 스타리움을 점령하지 못한 것이다. 마계의 문은 열리지 않은 것이다. 그것이 실패인 반면에, 인과율 파편들을 변질시킨다는 목적은 그 이전에 성공했으리라.

그렇다면.

지금 드래곤은 흑천마검이 미끼로 던졌던 인과율의 조각에 더불어, 하나가 된 오염된 조각을 삼켰을 확률이 높다.

젠장.

완전하지만 오염된 드래곤인 것인가.

*　　　*　　　*

성 마루스의 왕국들이 총단을 공격한 이유에 대해서 물으려던 찰나, 공간의 비틀림 현상이 성 바깥으로 감지됐다.

나는 흑천마검을 휘두르는 동시에, 갈라지는 틈 안으로 몸을 밀어 넣었다.

흑천마검을 움켜쥐는 손에 힘이 바짝 들어갔다. 만일 드래곤이라면 여유 부릴 틈 없이, 흑천마검과 바로 합일을 이루기 위함이었다.

하지만 우리를 기다리고 있던 존재는, 이제 막 공간 이동 마법을 통해 넘어온 인간 마법사에 불과했다.

지금은 철거돼 없는 적군의 지휘군막이 있던 자리에서, 조금 벗어난 외곽에서였다.

연락이 두절되어 버린 사령부를 찾아온 모양이었는데, 그가 이룩한 경지가 눈에 띈다.

심장에 얽힌 고리의 수가 무려 여덟 개.

팔 서클.

여전히 극한의 시간대에 들어오지 못하기는 매한가지라고 해도, 팔 서클의 경지는 지금껏 이 세상의 마법사들에게서 처음 본 지고한 경지이지 않은가.

나는 혹시나 하는 생각으로, 그가 마법으로 위장하고 있는 꺼풀을 벗겨 보기로 했다.

손을 쓸어내렸다. 그러자 그렇게 인식되어야 하는 젊은 얼굴이 자글자글한 주름살로 가득한 본래의 얼굴로 돌아갔다. 나는 눈살을 찌푸리며 그 얼굴을 골똘히 들여다봤다.

역시나 아는 얼굴이었다.

애초에 기적이 있어, 8서클의 신기원(新紀元)을 이룩할 수 있는 마법사가 있다면 단 두 명으로 좁혀진다.

리치가 된 란테모스는 정통의 길을 벗어났으니 남은 사람은 한 명.

대마법사 아할.

마법왕국 스타리움을 개국한 장본인이자, 그 왕국의 통수

권자를 지칭하는 현자의 칭호를 제일 먼저 받은 인물이다.

나는 그가 전설로 추앙받는 극(極) 마법사의 반열에 오른 것보다도, 지금껏 생존해 있는 것이 새삼 놀라웠다.

밝혀진 그의 유일한 행적은, 내가 마루스 왕국에서 사라진 틈을 타서 란테모스를 축출하고 거기에 신생 왕국을 개국했다는 것밖에 없었다.

심지어 대모 엘라와 탑외인들의 지배자 란테모스를 만들어낸 제2차 행성 대전에서도, 그의 이야기는 어디에도 없었다.

아할에게 별 관심 없기로는 흑천마검도 마찬가지였던 모양이다.

흑천마검 녀석은 따분한 표정으로 돌아서서 하늘로 올라갔다. 틈이 난 김에, 제 나름대로 드래곤을 찾기 위해 뭔가를 할 생각으로 보였다.

단, 육안으로 식별 가능할 정도의 가까운 거리에서 벗어나지 않으면서 말이다.

스윽.

감각을 풀었다.

시간이 확 흐르기 시작한 순간, 아할의 허연 눈썹이 의뭉스럽게 치켜 올라갔다.

그리고는 바로 그의 입에서 시동어 하나가 뛰쳐나왔다.

공간 이동이나 방어 마법이 아닌, 나를 공격하기 위한 마법이다. 딛고선 대지 주변에서 솟구쳐 오르는 흙더미가 있었다. 그것은 내 하반신을 집어삼킨 그대로 똘똘 뭉쳐졌다.

아할은 당연히 나를 알아보지 못한다. 그의 기억 속에서 나는 어디까지나 옥제황월의 몸을 한, 찬탈차 크랑크 하이트일 테니까.

아할이 제 모습이 본래대로 돌아와 있음을 눈치챘다. 설명이 되지 않는다는 듯이, 그의 이맛살이 더 구겨지고 있었다.

곧, 그는 나를 다시 쳐다봤다.

그리고 이쪽의 의복과는 확연히 다른 중원의 의복을 전반적으로 쑥 훑어 내렸다. 나를 침팬지를 보듯 했던 그의 눈길이 그리 오랫동안 내게 머무르지 않고, 전방으로 향했다.

그는 깊은 구덩이 안에 갇힌 성 마루스의 병사들을 보았고, 암석층에서 뭉텅이로 빠져나온 그대로 기사와 마법사들을 한데 품어버린 감옥도 바라보았다. 그러는 동시에 바람과 더불어 나온 시신 태운 연기가 그에게도 닿고 있었다.

아할은 아주 몹쓸 귀신과도 같은 표정을 지었다가 깊은 한숨을 내쉬었다.

"우리말을 할 줄 아느냐?"

아할이 전후 처리 중인 전방의 광경을 보고 있는 그대로 물어왔다.

나는 어떤 대답을 하는 대신, 아할의 행색을 살피고 있었다.

보아하니 위장 신분으로 살아왔었던 것 같았다.

제가 세운 왕국의 평 귀족쯤으로 말이다.

어쩌면 이 세상의 지난 백여 년 동안 아할은 마법왕국 스타리움의 흑막(黑幕)으로 존재하고 있었는지도 모른다고 생각했다.

"여기서……."

그가 잠깐 말을 잇지 못하다가.

"무슨 일이 있었던 것이냐?"

혼란스러운 기색을 고스란히 드러냈다.

"내가 묻고 싶은 말이로군."

나는 오랫동안 성 마루스에서 공통어로 쓰이고 있는 언어로 대답했다.

그런데 아할은 벌써 물어놓고도 내 대답이 들리지 않는 듯이, 눈앞의 정경에 온 신경이 또 빼앗겨 있는 상태로 들어가 있었다.

극 마법사의 반열에 올랐음을 증명하기라도 하듯, 필부(匹夫)들이 보지 못하는 것을 보고 있는 것이다. 일시간 일대의 영역을 전부 잠식했었던 내 기운의 흔적을 말이다.

"무슨 일이 있었냐고 묻지 않았느냐!"

아할이 갑자기 노성을 터트리며 나를·향해 시선을 틀었다.

내 몸에서 굳어버린 흙더미들에 더 강한 힘이 실려, 안쪽으로 압박을 가하기 시작했다. 그러던 것이 약하게 다리를 움직이는 반응에, 유리 깨지듯 조각조각 나서 바닥으로 떨어졌다.

내가 너무도 간단히 빠져나오자, 아할의 찌푸린 눈에 짜증이 섞였다.

다음으로 이어진 마법은 공간 마법이었다. 그런데 재미있는 것은 그 마법의 공격성에 있었다. 일부러 받아들여 본 결과는, 아할의 손이 공간을 넘어 체내로 들어오는 것이었다.

신묘한 수다.

그러던 아할의 눈이 휘둥그레 떠졌다. 들어오면서 끊겨버릴 동맥이나 손아귀로 움켜쥐어져야 할 심장이 느껴지는 것이 없이, 그저 텅 비어버린 공허함 때문일 것이다.

아할의 손이 내부로 침투해 들어오는 순간에는 이미, 체내에서 물질(物質)이라고 지칭할 만한 것이 아무것도 없었다.

옷 따위를 걸칠 수 있는 외부의 껍질만 남겨둔 셈이었다.

아할의 당황한 손길이 내 체내를 휙휙 젖고 있을 때, 공

간 너머로 손 부분이 사라진 그의 오른팔도 손의 움직임에
따라 자연스럽게 움직이고 있었다.

꿀꺽.

아할은 침을 삼키며 나를 쳐다봤다. 우리의 시선이 중간
에서 마주쳤다.

그는 으스스하고 제 몸을 조여 오는 한기(寒氣)부터 느꼈
는지, 무척이나 초조해져 버린 얼굴로 시동어 하나를 읊었
다.

"$T\varepsilon\lambda\varepsilon\pi o\rho\tau$"

아할은 그를 안전한 곳으로 도주시킬 공간의 압력에 몸
을 맡겼다. 아니, 맡겨졌다.

찰나의 시간 안에서 괴이하게 늘어나던 그의 몸이 공간
속으로 빨려 들어가려던 무렵이었다.

어딜.

나는 그의 발목을 붙잡아 내 쪽으로 잡아당겼다.

엿가락처럼 기분 나쁜 형체로 더 늘어나 버린 그의 몸이,
바닥에 내팽겨지는 순간에 본래의 모습대로 돌아왔다.

아할은 본인도 모르게 목덜미를 쓰다듬었다.

소름이 쪽 끼쳤기 때문이었을 테고, 아니면 제 목이 제
대로 남아있는지 확인하기 위해서일 수도 있었다.

그리고는 한 번 더 내게서 도망치려고 했지만, 결과는

같았다.

그렇게 두 번째로 내동댕이쳐졌을 때, 그는 어떤 결단을 내렸을 것이다.

아할이 천 길 낭떠러지 위에 선 사람만이 보일 수 있는 얼굴로 고함쳤다.

"네가 자처한 일. 이 나를 원망 말거라!"

무엇일까.

아할의 외침 끝에 이어진 어떤 시동어가 있었다.

이 세상의 마법은 정확히 말해 시동어 그 자체에 힘이 있는 게 아니라, 시동어에 깃들어 있는 결정(結晶)으로 발현되는 것이다.

아할의 심장에서 일시에서 번뜩인 여덟 개의 고리도 강렬한 느낌을 선사하지만, 내뱉어진 뚜렷한 마법 결정을 마주하는 순간 오싹해졌다.

거기에 실린 힘 때문이 아니라, 뇌리를 스치고 지나가는 기억 때문이다.

까마득히 멀고, 헤아릴 수 없이 넓은 암흑천지(暗黑天地).

그 이름하여 공허.

거기가 퍼뜩 떠올랐다.

아할은 공간 마법의 극의를 이루어, 원하는 대상을 공허로 떨어트릴 수 있는 경지까지 이르렀다.

다만 극한의 시간대에 돌입하지 못할 뿐이지, 다른 의미로 인간의 영역을 초월했다고 평가해도 무방하리라.

문제는 이 세계의 마법사들이 공허의 개념을 제대로 정의하고 있다는 데에 있었다. 그들은 아는 것만큼 공허를 두려워한다.

흑천마검의 아가리 속을 보고 벌벌 떨던 란테모스의 옛모습을 지금도 잊을 수 없다. 아할은 그런 끔찍한 영원의 세상으로 나를 떨어트리려 하고 있었다.

호오라!

나는 속으로 감탄했다. 그래서 마법 결정을 가르지 않고 그대로 두었다.

마법 결정이 약속된 공능으로 발현되기 시작했다. 이 몸을 억눌러 오는 공간의 압력이 느껴졌다. 그 압력에 물질적인 파괴력이 담겨 있었다면, 인간 육신의 구성물을 두 눈으로 직접 볼 수 있었던 사태가 또 일어날 정도로 거세다.

하지만 다른 의미의 압력이었다. 예컨대 공허에서 온갖 세상들을 이어주고 있던 인력(引力)과 비슷하다 할 수 있을 것이다.

물질적인 공격이 아니기에, 자연체의 몸에도 얼마든지 영향을 끼칠 수 있었다.

하지만 그러려면 이 몸이 운용할 수 있는 힘을 능가해야 한다. 아할의 시동어로 발현된 공간 압력은 분명 인외의 영역에서 다뤄질 힘이나, 이 몸의 최대 힘에는 미치지 못했다.

공간 압력은 결국 힘을 잃어 나갔다.

마지막에 이르러서는 내 손짓 한 번에 완전히 와해되었다. 내 주변으로 일그러진 공간의 잔영들이 아무렇게나 일렁였다.

"……."

아할의 표정이야말로, 공허에서 영원히 헤매고 있는 사람의 것에 가까웠다.

그때 흑천마검은 공간의 강력한 움직임에 놀라 내 옆으로 내려와 있었다.

아할의 무력한 시선 안에는 그렇게 흑천마검도 속해 있었는데, 그는 혼란에 사로잡혀 정신을 차리지 못했다.

아할은 흑천마검을 본 적이 있었다.

그때가 비록 백 년 전이라고 해도 차마 잊었을 리가 없을 것이다. 마루스 대제국을 일개 왕국으로 전락시켰던 어떤 찬탈자의 한 손에는, 언제나 불길한 기운을 품고 있는 검 하나가 들려져 있었으니까.

마침내 아할의 두 눈이 부릅떠졌다.

제8장

흑막(黑幕)

"폐, 폐하…… 폐하이십니까?"

아할이 말했다.

그리고는 곧 스스로조차 어리석은 질문이라 생각했는지, 그의 입가로 차가운 웃음이 떠올랐다. 그러는 동시에 아예 두 눈 또한 감아버렸다.

보이는 것에 현혹되지 않으리라, 그런 생각에 의해서일 것이다.

하지만 아할의 혼란한 얼굴에는 이미 '대체 어떤 존재가 그 마법의 힘을 능가할 수 있단 말인가?'라는 의문이 고스란히 표출되고 있는 중이었다.

마법 발현 과정에서 시전자는 마법으로 일어날 힘을 불러오는 매개체에 불과한 것이지, 본래 그 힘을 소유하고 있는 것이 아니다.

그러니 아할이 대상을 공허로 떨어트릴 수 있는 공간 마법을 펼쳤을 때, 시전 당사자인 그까지도 곧 일어날 힘에 두려운 기색을 드러냈고 말았었다.

그는 그 지고한 힘의 정체를 사전에 알고 있었다. 그리고 그 힘을 이렇게 정의했을 것이다.

'어떤 무엇도 결코 넘을 수 없는 궁극(窮極)의 힘.'

한데 지금.

아할의 믿음이 송두리째 무너졌다.

생각에 생각을 거듭해나가던 아할은, 무림인이었다면 주화입마에 달하는 정신적인 충격 상태로 결국 돌입하고 말았다.

그때 에나를 비롯한 엘라의 딸들이 여기로 도착했다. 아할이 발현시켰던 궁극의 힘이 완전히 사라지지 않은 때였다. 즉, 공간의 일그러짐 현상이 여전히 계속되고 있었다.

"다가오지 말거라."

나는 엘라의 딸들에게 경고했다. 엘라의 딸들이 즉시 멈췄다.

오늘 많은 걸 본 그네들이라고 해도, 이러한 현상은 또 처음이었던 모양인지 여기에서 눈을 떼질 못했다. 현상이 사라지고 난 후에 나는 다가와도 좋다는 뜻으로 턱짓해 보였다.

에나가 대표로 내 앞에 다가왔다.

그녀의 시선이 의식불명에 빠져 있으면서도 용케 서 있는 늙은 마법사로 향했다. 이자를 아느냐고 물을 필요가 없었다.

에나가 먼저 물어왔다.

"스타리움의 마법사……. 그자, 위험합니까?"

에나는 주변에 나타났다가 사라졌던 마법의 힘을 내게서 나온 거라, 오인하고 있는 게 틀림없었다.

나는 대답 대신 아할의 가슴을 향해 손을 뻗었다. 내 손이 아할의 가슴 안을 파고들었다. 그러자 에나와 그녀의 자매들 입술 사이로 아!, 하는 외마디 놀란 소리가 튀어나왔다.

체내로 손을 집어넣는다.

똑같은 결과지만, 아할과 내 방식에는 근본적인 큰 차이가 있다.

아할은 그의 손을 직접 내 체내로 이동시킨 반면에, 나는 이 손을 비(非) 물질의 상태로 변화시켰다.

이를 증명하듯, 안에 담을 것이 사라진 의복의 팔 부위가 땅을 향해 축 늘어졌다.

그렇게 아할의 심장에 얽힌 8개의 고리 중 7개의 고리를 끊어냈다.

"읍!"

아할의 눈이 부릅떠졌다. 그리고는 정말로 정신을 잃었다.

팔을 비 물질의 상태에서 물질의 상태로 되돌렸다.

엘라의 딸들은 뒤로 넘어가 버린 늙은 마법사보다도, 윗옷의 어깨 부분을 뚫고 나온 맨살의 내 팔이나 축 늘어져 펄럭이는 소매만을 바라보았다.

나는 귀찮아진 윗옷의 소매를 뜯어버리며 에나에게 말했다.

"더는 위험하지 않을 것이다. 이자를 데리고 가거라."

＊　　＊　　＊

엘라가 일어나 있었다. 그녀도 바깥에서 일어난 힘에 꽤 놀란 것 같았다. 나를 두고 눈으로만 수군대는 엘라의 딸들이야, 다시 바깥으로 쫓겨났다.

"아할이 지금껏 살아있었다. 알고 있었느냐?"

엘라의 고개가 힘없이 저어졌다. 하지만 엘라도 놀라지는 않았다.

— 그자의 행방은 오랫동안 알 수 없었어요. 숨어버렸으니까요.

"숨었다?"

— 예. 아할은 란테모스를 몹시 두려워하고 있었습니다. 그런데 지금에 와서는 란테모스와 저를 이간질시킨 것이, 아할일지도 모른다는 생각이 드네요.

"극(極) 마법의 경지에 올라 있었다."

— 그게 지금까지 살아있을 수 있었던 이유로군요. 극의를 이루었어도, 주인님 앞에서는 한낱 미물에 불과한 것이 어쩐지 고소합니다.

엘라는 웃었지만, 아직 전장의 여운이 가시지 않아 슬퍼 보이는 미소였다.

그러던 엘라가 문득 말했다.

— 그리고 딸들의 불경함은 너그러이 용서해 주세요. 아직도 몸만 큰 어린아이들이랍니다.

엘라에게도 그녀의 딸들이 비밀의 방에 모여서 수근거리는 소리가 전부 들리는 모양이었다.

엘라의 딸들은 내 정체를 두고 고양이 회의를 하고 있었다.

각종 추측이 난무했다. 일거에 전쟁을 끝내버린 것도 그렇지만, 아할의 서클을 끊어버렸던 과정은 직접 보고도 도무지 믿을 수 없는 일이었기 때문이다.

— 보여줄 수 있으신가요?

엘라가 그렇게 청해 왔을 때 비밀의 방에서는, 일시적으로 비 물질의 상태가 되었던 내 팔에 중점을 둔 이야기들이 한창이었다.

엘라의 앞으로 오른팔을 내밀었다.

이미 소매를 찢어낸 맨팔이었어도, 그녀는 물질이 비 물질로 변하는 과정을 보질 못했다.

찰나에 주변을 그대로 투영(透映)하는 상태로 변했다.

나는 엘라의 바람을 알아차리고, 그녀의 얼굴 쪽으로 손을 좀 더 뻗었다.

엘라가 거기에 제 손을 얹었다. 느린 동작으로 조심스럽게.

그래도 종국에는 관통하고 만다. 엘라는 힘들게 몸을 움직여서 얼굴을 늪혔다. 그리고는 내 손길을 느끼듯이, 내 손이 반쯤 묻힌 얼굴을 천천히 움직이며 배부른 표정을 지었다.

— 죽어도 여한이 없다고 했지요? 더 그래졌어요. 이 몸이 죽어 흙이나 하늘로 돌아간다면, 거기에서 주인님을

느낄 수 있겠지요. 거기에서 주인님의 냄새를 맡을 수 있겠지요.

엘라는 그녀가 느끼고 있는 내 손길이, 대자연의 기운임을 알아차리고 있었다.

"그런 소리 말거라. 내 너에게 젊음을 돌려줄 것이다. 항상 그 생각뿐이었다. 마계의 문을 열고자 했던 것 또한……."

감정이 격해져서 해서는 안 될 말이 나오고 말았다. 나는 아차 하는 마음에 입술을 닫았지만, 이미 엘라는 고개를 젓고 있었다.

— 아니에요. 설마 그렇게 생각하고 계시다니요. 주인님께서 마계의 문을 열게 되는 이유는 이 하찮은 창부 때문이 아닙니다.

본인을 가리켜 하찮은 창부라는 그 말을 정정해 주고 싶었지만, 엘라의 고요한 두 눈에는 확신과 진심이 담겨 있었다.

— 그날 저는 모든 걸 보진 못했지만, 그것만큼은 느낄 수 있었습니다. 숭고한 목적에 의해서였습니다. 보세요. 주인님. 지금 주인님께서 어디까지 닿으셨는지.

"엘라."

— 네.

나는 엘라에게 중원에서 있었던 일을 털어놓으려다가, 깊은 한숨을 내쉬었다.

"내가 마계의 문을 열 수도 있을 것이다. 하지만 내가 만일 그렇게 한다면, 너를 위해서다. 거기에서 너의 젊음을 되찾을 방법을 찾기 위해서 그런 것이다."

— 예.

"아니, 넌 아직 모르는구나. 내 너에게 그걸 증명하게 될 것이다."

고개를 갸웃거리는 엘라의 모습에서, 오래전 그녀가 가장 아름다웠던 시절이 떠올랐다.

"드래곤이 무엇인지 아느냐?"

— 창조 모신(母神)이 다섯 빛깔로 이 땅에 내려보낸 존재들입니다.

선천진기로 영적 수련의 경지까지 올랐던 엘라였으나, 그녀도 드래곤을 앞에 둔 문제에서만큼은 범인들의 범주에서 벗어나지 못했다.

"어떻게는 여기의 신화도 맞는 말이겠지. 창조 모신, 그것이야말로 인과율로 불릴 수 있는 것이 아니냐. 하지만 제대로 된 진실은 이것이다."

계속 말했다.

"아주 오래전 두 차원을 주관하는 신들의 싸움이 있었

다.”

차원의 개념에 대해서는 굳이 말할 필요가 없다. 이 세상에서는 다른 어떤 시공들보다도 차원에 대한 개념이 정립되어 있다.

“패배해서 신이 사라져 버린 본 차원의 시공에서는, 특히 그 싸움에 휘말렸던 시공(時空)에서는, 어떻게든 인과율이 이행시킬 무엇이 필요했었다고 본다.”

— 드래곤은……

“그렇게 태생되었다. 그리고 나는 그러한 존재들을 ‘인과율의 현신’이라 부른다.”

나는 거기까지 말하고 흑천마검을 향해 고개를 돌렸다.

뭐냐. 애송이.

흑천마검의 따가운 눈초리가 바로 대꾸했다.

“이 존재가 네게 어떻게 보이든 그건 중요하지 않다. 중요한 것은 이 존재의 본질. 본 차원을 주관하였던 신의 반절이다. 그리고 나머지 반절은 이 안에 고요히 담겨 있음이다.”

등에 맨 철함도 이야기했다. 그제야 엘라는 내가 강력한 사슬로 똘똘 동여매고 있는 것이 무엇인지, 알 수 있었다.

— 아……

놀라움이 가득한 감정을 함께, 엘라의 의념이 들어왔다.

"드래곤은 분명 특별한 존재지. 우리는 그것들로 볼 수도 없고 만질 수 없는 인과율을, 이렇게나 보고 만질 수 있게 되었다. 내 그것을 해치우면 어쩔 것 같으냐? 아니, 그것을 삼키면 어쩔 것 같으냐?"

나는 멍해진 엘라를 앞에 두고 계속 말했다.

"하긴. 그런 다음에야 증명된다는 것이……. 서글픈 일이겠구나."

— 외, 외람된 말씀인 걸 압니다. 하지만 그래도 말씀드릴 수밖에 없어요. 그만두셨으면 합니다. 그 싸움은 너무…….

인과율에 거역해서는 아니 되기 때문이 아니다. 엘라는 설아가 보냈었던 눈길과 꼭 닮은 시선으로 나를 바라보고 있었다.

나를 걱정하는 거다. 다섯 신, 드래곤과의 싸움을 우려하는 것이다.

"걱정하지 말거라. 이 몸은 어느새 그것들을 능가하였고, 혹 미치지 못한다면 내게 조력하고 있는 반신이 있다."

이렇게 말해도 엘라의 얼굴에 드리운 그늘이 가시지 않

는다.

"백 년 전이겠구나. 너를 두고 떠나던 날에, 나는 이미 다섯 드래곤 중의 하나를 해치웠었다."

— …… '신의 안식처'를 말씀하시는 것이로군요.

그랬지. 여기 사람들은 골드 드래곤의 사체가 변해 이루어진 산맥을 그렇게 부르고 있었다.

"드래곤 하나의 사체가 변해 만들어진 것이지. 하지만 인과율의 현신으로서 진짜 본질이라 할 수 있는 것은 수백 개의 파편으로 쪼개져, 온갖 것들에게 깃들었다. 너희들은 그걸 '선택받은 것'이라 부르더구나."

— 아…….

"이미 한번 해치웠던 것을 또 해치우지 못할까. 더욱이 지금에 이른 이 몸의 경지를 느끼지 않았느냐. 드래곤은 내 상대가 될 수 없다. 너는 아무것도 걱정하지 말거라."

나는 거기까지 말하고, 엘라의 옆머리를 쓸어 넘겨 주었다.

"이 세상 지금은, 네가 모르는 인외(人外)의 싸움이 한창이다. 그리고 애석한 일이지만 그 싸움이 너희들에게까지 번진 것 같구나. 왜 성 마루스의 왕국들이 행성을 넘으면서까지, 너희들을 공격하고 있었던 것이냐?"

엘라가 깊은 생각을 빠져나오며, 한 이름을 내뱉었다.

― 보나라는 아이를 기억하시나요?

명왕단천공을 완성하기 위해 전장을 떠도는 동안, 아가사에게 맡겼던 아이가 있었다.

그 아이의 이름이 보나.

인과율의 파편이 깃든 '선택받은 것' 중에 하나로, 황제 카를이 다스리는 제국의 수도로 향한 것이 마지막 행방이었다.

나는 놀라며 반문했다.

"설마 살아 있다는 것이냐?"

이 시점에서 엘라가 그 아이를 언급한 것은, 그럴 확률이 높았다.

아나나 다를까, 엘라에게서 그렇다는 대답이 들려왔다.

"그 아이가 지금까지 살아 있다는 게, 내게는 얼마나 큰일인지 모를 것이다. 대부분이 황제 카를의 광증 때문에 신생 제국 아라냐와 제국 간의 전쟁이 발발했다고 알고 있지만, 사실은 다르다. 그 전쟁은 선택받은 것들이 하나로 합쳐지기 위한 과정이었다. 너도 알고 있지 않느냐. 선택받은 것들이 하나로 합쳐지려는 성질이 있음을 말이다. 그 이면에는 거대한 계획이 있었지."

엘라도 알아야 할 이야기였다.

여기에서 말하는 다섯 신, 그들의 정체에 대해서는 들

려주었다.

— 인과율의 현신이라고 하셨습니다.

"그래. 청적황녹흑(靑赤黃綠黑). 그중에 노란 것은 백여 년 전에 죽어 수백 개의 파편으로 나누어졌다."

— 그것이 '선택받은 것'들입니다.

"파란 것은 나를 속이려 들다가, 본질의 형태로 내게 속박되어 있었지."

— 그렇군요…….

엘라는 천일야화(千一夜話)에 빠져든 어떤 왕 같이, 늘어진 자세 그래도 내게 집중하고 있었다.

"남은 것은 빨간 것과 녹색 것 그리고 검은 것이었다. 그런데 검은 것이 빨간 것과 녹색 것을 흡수해 버리는 사건이 발생하고 말았다. 어쩌면 너도 들어본 적이 있었을지도 모르겠구나. 아니, 봤을 수도 있겠구나."

엘라는 번뜩인 뭔가가 있어서, 순간에 격해졌던 것 같다.

콜록. 콜록.

메마른 기침에 힘들어하는 모습을 보였다. 내가 해 줄 수 있는 것이라고는 그녀의 가냘픈 등을 천천히 쓸어내려 주는 것뿐이었다.

엘라가 겨우 안정을 되찾으며 대답했다.

― 그날을 어찌 잊을 수 있을까요. 봤었습니다. 주인님
께서 대적하고 계신 이상, 이제는 그것을 그분이라 부르
면 아니 되겠지요. 예. 먼 우주에 오롯이 뜬, 그것의 거대
한 '눈' 을 봤었습니다.

그날 블랙 드래곤은 처음으로 온 세상에 제 존재를 드
러냈었다.

태양이 아득히 먼 우주 공간에 있어도 그 거대한 크기
때문에 육안으로 보일 수밖에 없던 것처럼, 그날의 블랙
드래곤도 그랬다.

성 마루스에서 뿐만 아니라 성 라이제에서도 보였을 크
기였다.

"그날 우리는 블랙 드래곤과 싸울 수 있었다. 하지만
그러진 못했지."

우리라는 말에, 엘라의 시선이 자연스럽게 흑천마검으
로 향했다.

흑천마검은 창가에 우두커니 서 있었다. 마치 피리를
부는 사나이처럼, 드래곤을 유도하기 위해 그만의 피리를
불고 있는 중인 것 같았다.

"블랙 드래곤과 우리의 격전은, 두 행성을 파멸로 이끌
것이 분명 했었지. 그래서 우리는 블랙 드래곤과 싸우기
보다는 기묘한 거래를 했었다."

엘라. 사실은 너만을 위해서였다. 이 세상에 네가 없었 다면, 그때 이 세상은 파멸로 치달았을지도 모르는 일이 겠구나. 네가 있었기에 이 세상은 잔존할 수 있었던 것이 란다.

물론 그 말은 하지 않았다. 마음으로만 삼킬 말이다.

— 거래요?

"지금에 와서는 언급할 필요가 없는 것이다. 내 너에게 들려주고 싶은 이야기는, 당시에 교류하고 있었던 마족에 관해서다."

항상 웃는 낯의 가면을 쓴 한 사내의 얼굴을 떠올리며 말했다.

\* \* \*

엘라에게 전부 들려주었다. 오로레와 나누었던 거래와, 그가 생각하고 있던 계획 전체를 말이다. 다 듣고 난 엘라 는 꿈속을 헤매는 사람처럼 오랫동안 생각에 잠겼다.

마침내 엘라의 의념이 천천히 흘러들어왔다.

— 하루는 스타리움의 현(現) 현자 카르단이 방문했던 적이 있었습니다. 그는 우리에게 보나, 그 아이의 행방을 추궁했었지요. 저는 아가사의 청원대로, 강경한 입장을

고수했었습니다. 그때만 하여도 행성 너머의 작은 아이 때문에, 저들이 공세를 취할 줄은 몰랐었지요.

엘라의 말이 계속 이어졌다.

― 저들은 줄곧 우리를 배격해 왔고 황제 카를과의 유대(紐帶)를 못마땅하게 생각해왔습니다. 그게 우리를 공격한 진짜 이유이지, 정말로 그 아이 때문이라고는 생각지 못했습니다.

"스타리움의 현자는 여기에 보나가 있을 거라 생각했던 것이로군."

― 다른 왕국과 가문들은 우리가 가진 것들을 욕심내고서 동참했을 테지요. 하지만 스타리움은······.

"인과율의 조각이 하나로 뭉쳐지길 원하는군. 그렇지 않고서야 보나를 어찌 특정할 수 있었을까. 다른 것들은?"

― 황금의 아르테스로 흘러들어 갔을 테지요. 대전투에서 살아남은 '선택받은 것'은 황제 카를의 검뿐이었습니다. 나머지는 파괴되거나 전사되거나 휩쓸렸었습니다. 하지만 그 검의 주인은 이제 스타리움 왕국으로 바뀌었습니다. 황제 카를은 스타리움을 공략하는 데 실패하고 포로로 잡혔지요.

"비록 조각으로 완성된 것은 아니다만, 그래도 보나를

제외한 모든 인과율의 파편이 하나로 모인 검이다. 그 위력이 대단했을 텐데도 포로로 잡히고 말았군."

— 드래곤이 개입을 한 게 아닐까요. 그들의 전언(傳言)을 스스로 어기면서 말입니다.

"드래곤이 개입할 마음이었다면 왜 인간의 손을 빌리겠느냐. 드래곤은 아직 오로레의 계획을 눈치채지 못한 것 같구나."

— 그 말씀은?

대전투에서의 실패를 여기에서 만회하려는 것일지도 모른다.

오로레는 내가 엘라를 얼마나 끔찍이 생각하는지 모르지 않는다. 그럼에도 불구하고, 엘라의 총단을 공격하게 만들었다면?

하지만 막상 자세히 알고 보니, 아직은 드래곤이 완전해지지도 오염되지도 않은 것처럼, 지금 뭔가를 판단하기에는 섣부른 감이 있었다.

나는 침착한 마음을 가지고 엘라를 쳐다보았다.

엘라는 이제 말해야 할 게 무엇인지 알고 있었다.

— 보나를 보러 가셔야죠?

거기에 들어서자, 야자즙 냄새와 땀 냄새가 물씬했다.

지난 3여 년 동안 몰라볼 성장을 거친 소년은 나신의 여인들에게 둘러싸여 있었다.

너저분하게 쓰러져 있어 보여도, 잠을 자는 것도 기절한 상태도 아니었다. 성교(性交)에서 왔던 극적인 에너지를, 선천진기를 회전시키는 데 매진하고 있는 중이었다.

— 보나는 강력한 환상과 환청에 시달렸었습니다. 그 아이가 보는 모든 환상과 환청은 대전투로 향하고 있었지요. 대전투에서 아라냐 제국의 편에 서서 싸우는 것이, 나타레 가문의 옛 영광을 되찾을 기회라고만 울부짖었습니다. 우리는 그 아이를 여기에 묶어둘 수단이 필요했었습니다. 보고 있는 환상과 환청보다 더 강한 자극 말이에요.

할라 수련을 말하는 것이다.

— 하지만 보통의 수련에서 오는 자극으로도 막기가 힘들었습니다. 그래서 그동안 고수해 왔던 규칙을 깰 수밖에 없었어요. 보다시피 오로지 한 명의 카이파만을 둔다는 규칙을 깨고 말았지요.

횡횡 도는 선천전기의 움직임들이 어디에나 있다. 그렇듯, 다 같이 누워있는 나신의 여인 중에는 아가사도 있었다.

엘라가 그쪽을 바라보며 말했다. 아가사는 보나를 품에 안고 있었고, 아가사의 품에 안긴 보나도 행복한 꿈에 젖

어든 얼굴이었다.

엘라가 설명을 계속 이었다.

— 지금은 이렇게 평온해 보여도 다시 발작한답니다. 2
차 행성 전쟁에서는 못 보던 현상이에요.

"이제 남겨진 파편은 보나 하나뿐이라서 그런 모양인가
보구나. 걱정할 것 없다. 파편은 내가 수거해 갈 테니."

그런 것도 가능하시나요?

엘라가 새삼스레 놀란 눈으로 나를 올려다보았다. 나는
엘라를 끌어안은 채로 보나에게 다가갔다. 그러고는 아할
의 고리를 끊었을 당시처럼, 보나의 가슴 안으로 손을 집
어넣었다 뺐다.

엘라의 얼굴이 내 주먹 사이에서 빠져나오는 황금색 빛
무리로 물들었다.

— 그것이…….

"그래. 이것이 인과율의 파편이다."

나는 엘라에게 주먹을 펴 보이며 말했다. 손톱만 한 크
기에 불과해도, 그것이 품고 있는 빛무리는 실로 휘황찬
란하다.

엘라에게는 정지된 상태로 보이겠지만, 엄청난 빠르기
로 진동하고 있는 중이었다.

엘라는 경이로운 시선으로 파편에서 눈을 떼지 못하다

가, 이윽고 황금색 빛무리가 사그라들고 나서야 나를 올려다봤다.

정확히는 내 어깨너머로 모습을 드러낸 흑천마검을 향해서였다. 흑천마검이 뱀 같은 혀를 늘어 뺀 얼굴로 쓱 시야 옆으로 끼어들었다.

"약속을 잊지 않았겠지?"

"드래곤은?"

"우리가 두려운 모양이지."

"하면 이건 미끼로 쓸 수 있겠군. 인과율의 조각이 하나로 합쳐지면, 모습을 아니 드러낼 수 없을 것이다."

흑천마검의 눈초리가 가늘해지는 것까지 보고, 말을 덧붙였다.

"더욱이 이건 변질되었을 확률이 크지. 이걸 삼키면 네게도 영향이 끼칠지도 모른다. 시험해 보고 싶다면 얼마든지."

쉬이익.

흑천마검에 파편을 보냈다. 녀석이 쏜살같이 튀어나간 파편을 재빠르게 낚아챘다. 그래도 녀석의 고민은 그리 길지 않았다. 파편을 만지작거리는 것도 잠깐, 다시 내게 던지는 것이었다.

우리는 침소로 돌아왔다.

— 떠나시는 것인가요?

엘라에게는 많은 일이 있었던 하루였다. 그녀는 의지와는 상관없이 감기려는 두 눈의 움직임에 저항하며, 간신히 물어왔다.

"지금 당장은 아니니. 쉬이이이……."

엘라는 의념이 아닌 제 목소리로 직접 말하고 싶었던지 입술을 꿈틀거렸다. 하지만 목소리도, 어떤 의념도 전하지 못한 채 눈이 감기고 말았다.

나는 엘라의 목 끝까지 이불을 올려줬다. 땀에 붙은 머리카락들을 얼굴에서 떼어내고, 한참을 바라보다가 몸을 돌렸다.

아할의 기운이 특정된 곳을 향해서였다.

그는 포로로 잡힌 마법사들이 응당 그렇게 되듯, 입에 재갈이 물려 있었다. 그가 공간을 가르며 나오는 나를 향해 읍읍, 답답한 소리를 내고 있었다.

과연 이 늙은 마법사와의 조우(遭遇)가 신의 한 수가 될 수 있을까?

엘라를 습격한 배경을 묻기 이전에, 나는 아할이 보여줬던 극 마법에 깊은 관심이 쏠렸다.

그 마법을 극한의 시간대에 안에서 펼칠 수 있다면, 그

리고 아할로 발현되었던 그 마법에 더 강력한 힘을 보탤
수 있다면?

공허(空虛)라는 이름의 전장을 소환할 수 있을지도……

*　　*　　*

내 시선을 따라, 아할의 입을 막고 있던 재갈이 툭 풀려
나왔다. 그러는 동시에 흥분으로 가득 찬 목소리도 솟구
치며 드러났다.

"당신은!"

차르르.

그가 다리 묶인 사슬을 끌며 허겁지겁 다가왔다.

하지만 내 몸에 아스라이 닿지 못할 거리에서 사슬이
팽팽해졌다.

파르르 떠는 그의 손짓도 무척이나 애타 보였다. 그러
다 얼마 버티지 못하고, 축 늘어졌다.

갇혀 있는 잠깐 동안이 그에게는 극한의 시간대와 같이
영원히 길었을 것이다.

기름기 하나 없이 마구 헝클어진 머리칼 아래, 푹 꺼져
버린 안구도 빛을 잃었다. 그는 이 작은 감옥의 면적을 차
지하기에 마땅한 늙은 죄인의 꼴로 바닥에 주저앉아 중얼

거렸다.

"당신은 대체 무엇입니까……."

심신이 걸레 조각처럼 너덜너덜해진 게 보인다.

한편, 실의에 빠진 그의 심정이 백분 이해가 되고 있었다.

극 마법의 힘은 꽤 의외였다.

탈인지경에 이르면 극한의 시간대에 돌입하고 만다는, 지금까지의 법칙에 반기를 든 셈이다.

시전 당사자인 아할은 비록 극한의 시간대에 돌입하지 못했으나, 발현된 마법의 힘 자체만 놓고 보면 그 이상이었다.

공허는 차원 너머의 암흑천지다.

우주 너머 다른 행성으로 이동 가능했던 공간 이동 마법의 극의(極意)도 납득되기 힘든 것인데, 거기서 몇 단계를 초월했다.

아예 차원 바깥으로 추방해 버린다. 바야흐로 공간을 다스리는 데 있어, 도달할 수 있는 최고의 경지라 할 수 있다.

필시 우주의 힘이었고, 아할도 그걸 이해하고 있었을 것이다.

그 누구도 우주의 힘을 거역할 수 없다. 그것은 아마도 아할의 확고한 믿음이었으리라.

"공허에는 차원과 차원, 우주와 우주, 그리고 시공과 시공을 잇는 보이지 않는 끈이 무한히 엉켜 있었지. 네 마법의 힘은 공허에서부터 여기로 이어진 이 세상의 끈을 이용하는 것 같더군."

내가 말했다.

그제야 아할이 고개를 들었다. 그러고는 찬웃음을 피식 머금었다.

"흐흐흐……. 마치 공허를 경험한 것처럼 말씀하십니다."

나는 대답하지 않았다.

하지만 그리 오래되지 않아서 아! 하고 터져 나오는 탄성이 있었다.

아할이 경이(驚異)의 눈을 뜨며 말을 더듬었다.

"그, 그런 일은……."

마법은 참으로 신기한 것이다.

지금의 경지에 이르러서도 마법의 근원을 알 수 없으니 말이다. 나는 깊어지려는 생각을 뿌리치며 아할을 내려다 봤다.

"너는 나를 공허로 보내려 하였지. 그곳이 어떤 곳인지 알면서도. 하지만 그보다 더 큰 죄가 무엇인지 아느냐?"

아할은 숨소리도 내지 않았다.

"내 여자를 건드렸더구나. 그리고 그녀가 사랑하는 많은 사람들을 죽였어."

시선과 시선이 마주쳤다.

나는 블랙 드래곤이 두 행성 만인에게 모습을 드러냈던 그날에 그랬듯이, 그 공포스럽고 끔찍했던 시선을 아할에게 똑같이 돌려주었다.

마침내 가는 침 한 줄기가 늙은 마법사의 입가에서 흘러나오기 시작했다.

아할이 온몸을 부르르 떨면서 거친 호흡을 내뱉었다.

그로서는 이해도 되지 않고, 인정할 수도 없는 한 이름을 중얼거렸다. 그 이름은 내가 마루스 제국을 점령하고, 아할을 휘하에 두었을 때 썼던 옥제황월의 옛 이름이었다.

"맞다. 내가 돌아왔다. 아할."

아할은 몸을 움찔거렸다.

차라리 내 정체가 드래곤 같은 것이었다면 오히려 그의 두려움은 덜했을지도 모른다.

꽤 긴 시간이 지나고 나서야, 아할은 겨우 이성을 되찾았다.

"어, 어디에 계셨던 것입니까. 그리고 그 모습은 무엇입니까. 제가 기억하고 있는 폐하의 모습이 결코 아니십니다."

나는 무시하고 말했다.

"내 여자를 공격하고, 나를 지옥으로 떨어트리려 했던 너를 어떻게 벌하면 좋을까."

"폐,폐하……."

"옛 마루스의 형벌대로가 좋지 않겠느냐. '눈에는 눈, 이에는 이' 말이다. 네 생각은 어떠한가. 이보다 합당한 벌은 없을 거라 생각하는데? 아니 그렇느냐?"

"폐하. 부디 이 아할의 변론(辯論)을 허락해 주십시오."

"네가 저지른 짓은 변명의 여지가 없음이다. 너는 엘라가 내 무엇인지 모르지 않았지."

나는 흑천마검에게 고개를 돌렸다.

"그러고 보니 너는 정작, 공허를 본 적이 없겠구나. 그 암흑천지를 말이다."

그렇게 뇌까린 후, 흑천마검에게는 더없이 상냥한 눈짓을 보냈다. 흑천마검의 짜증 가득한 얼굴이 보였기 때문이었다.

하지만 곧 흑천마검은 내 부탁 때문에 더 일그러진 표정 그대로, 인간형의 제 모습을 아할에게 드러낸 것 같았다.

악, 하고 놀란 외마디 소리가 아할의 입 밖으로 터져 나왔다.

마법사란 모름지기 모르는 현상에 항상 의문을 품어야 할 탐구자라지만, 그 어떤 마법사가 아가리를 쩍 벌리며 다가오는 흑천마검 앞에서 그럴 수가 있을까. 설사 극의를 이뤘던 마법사도 다르지 않았다.

아할은 벽까지 엉덩이를 끌고 갔다. 더는 물러설 곳이 없을 때, 아할의 얼굴 전체가 흑천마검의 아가리 속에 잠겼다.

아할의 보이지 않은 얼굴 아래로, 그의 온몸은 쉴 틈 없이 바둥거렸다.

흡사 정말로 죽어버려 사후경련이 일어난 것처럼도 보였다. 그러던 움직임이 뚝 멈췄다. 그쯤에서 흑천마검이 아가리를 빼내며, 욕지거리가 가득 담긴 눈초리로 나를 노려보았다.

나는 사과 대신 고맙다는 뜻을 전하고서 아할에게 다가갔다.

이룬 경지만큼, 범인(凡人)들이 보지 못하는 뭔가를 더 보고 느끼길 마련이다.

아할은 흑천마검의 입안을 봤던 그날의 란테모스보다도, 내가 그에게 공포스런 시선을 안겨주었던 바로 직전보다도, 더 큰 충격에 휩싸여 있었다.

짜악.

따귀를 올렸다.

그의 멍하던 눈에 초점이 서서히 돌아오기 시작했다. 그러는 동시에 두 눈으로 굵은 눈물이 뚝뚝 떨어진다.

안다.

지옥보다 더한 하루겠지.


아할은 완전히 꺾였다.

만사에 체념해버린 그는 묻지도 않은 부분까지 술술 불었다. 이를테면 그가 자취를 감췄었던, 이차 행성 전쟁 이후의 행적까지 말이다.

아할이 자취를 감췄던 이유는 엘라의 추정이 맞았다. 죽지 않는 몸으로 나타난 란테모스가 제게 복수할 거라 생각했었다고 한다. 어떻게 해도 죽지 않는 몸이기에, 그를 공허로 추방시키는 것 외에는 답이 없다는 결론 또한 섰던 모양이다.

하지만 8서클의 극의가 담긴 마법서들은 아시오 이후로 전설로만 존재하는 것이라서, 아할은 그가 이룩했던 극(極) 텔레포트 마법을 시작점으로 삼아 의식 세계를 탐구했었다고 했다.

그리고 그는 서클만큼은 8서클에 도달하는 경지에 이를

수 있었지만, 마법의 발현 법칙이 그렇듯이 마법 주문을 모르고서는 8개의 고리를 심장에 두른 것 따위는 아무런 의미가 없었다.

그러던 중에 지금으로부터 약 8개월 전, 그러니까 내가 이 세상에서 이탈한 시점에서, 한 젊은 마법사가 현(現) 현자 외에는 아무도 모르는 그를 찾아오는 일이 있었다.

젊은 마법사는 첫인상부터 호감이 서렸을 테고, 무엇보다도 그가 찾아온 8서클의 마법서는 아할이 그토록 바라던 공간 마법 분야의 마지막 문을 여는 열쇠이기도 했다.

아할은 젊은 마법사가 마족이라는 것을 눈치챘을지라도, 그 손을 거부하기 어려웠을 것이다.

"그자가 마법서를 바치는 대가로 원했던 것은……."

마계의 문을 열어 달라는 것과, 보나를 죽여 달라는 것일 테지.

아할의 말을 끝까지 듣지 않아도 알 것 같았다. 그리고 어김없이 맞았다.

"그래서 문을 열었는가? 마족의 조건이 까다로웠을 것인데."

"폐하께서는 전부 알고 계셨군요. 예. 맞습니다. 전란 도중에, 피치 못하게 열리는 것처럼 보여야 한다고 했었습니다."

오로레가 제국의 침공을 예고해준 덕분에, 마법 왕국 스타리움은 큰 그림하에 예정되었던 몰락에서 벗어날 수 있었던 것 같다.

본래 몰락했어야 할 나라는 아할이 세웠던 스타리움이었다.

그런데 도중에 오로레의 계획을 바꿨다.

내 이탈과 흑천마검이 던졌던 인과율의 조각 그리고 아가사 빼돌린 파편 하나가 변수로 작용한 탓일 것이다. 자세한 의중까지는 몰라도, 어쨌거나 오로레의 목적 중 하나는 마계의 문이 열리는 것이다.

"⋯⋯마계의 문이 열렸었다는 것이로군."

이래서 어떤 판단을 하기에, 성급하면 안 되는 것이다.

나는 마신의 의지가 이 세상으로 침투한 것이 드래곤과 우리와의 싸움에 어떤 영향을 끼칠지 머리를 굴렸다.

일단, 그들의 목적과 내 목적이 상충된다.

그들은 드래곤을 변질시켜 모래시계로 만들려 하지만, 나는 드래곤 자체를 흑천마검에게 삼키게끔 하려 한다.

그때 아할이 변명하는 소리가 상념을 깨며 들어왔다.

"폐하. 문이 열린다 하여도, 마족 몇이 더 넘어올 뿐입니다."

아할이 내게 협조하고 있는 이유는 목숨 때문이 아니었

다. 그에게는 목숨을 잃는 것보다도 더 무서운 게 있었다.

아할은 마법서를 갈구했었던 마음 이상으로, 흑천마검에게 삼켜지지 않기를 바라고 있었다. 그는 흑천마검의 아가리 안에서 보았다. 공허 안의 끔찍한 어둠과 영원(永遠)을.

"마법서는 어디에 두었느냐?"

내가 물었다.

*            *            *

후대를 위하는 마음에서였을까.

아할은 오로레에게 받았던 마법서를 오정국 정통의 비고(秘庫)에 두었다.

빛 계열의 원소 마법이 유지되어 있는 깊은 굴 안이었다. 은은한 불빛 아래, 마법사들만의 보물이 띄엄띄엄 안치되어 있었다.

"여기 있습니다."

아할의 검버섯 핀 손이 시선 안으로 불쑥 들어왔다. 그런데 낡디 낡은 8서클의 두꺼운 마법서는 아할의 손에 들린 것만이 아니었다.

내가 알고 있던 것과는 달리, 8서클 마법서가 전부 실

전된 것이 아니었다. 오정국 안에서도 대대로 내려온 또 하나가 있었다.

다만 그것은 아할의 전문 분야가 아닐 뿐이었다.

"소생 마법이라……."


〈다음 권에 계속〉

『죽지 않는 무림지존』, 『천지를 먹다』
베스트 셀러 작가 나민채의 스펙터클한 퓨전 무협

『마검왕』을 가장 빠르게 보는 방법!

Dream Books

'스마트폰으로 접속!'